KB033910

마석,
산 70-7
번지

마석, 산 70-7번지

이수경 소설

마늘
도서출판

|목차|

|프롤로그| 유서

수원시 권선구 오목천동 484번지 박영재

수원시 장안구 영화동 통합진보당 수원시위원회 앞

2012년 5월 14일 소인.

북수원우체국 익일특급 등기우편물 봉투 겉면에 죽음을 결심한 노동자의 마지막 글자가 있다. 진하고 반듯한 글씨 사이로 흐리고 흐트러진 필체가 보인다. 발신자의 이름이다.

가장 나중에 쓴 것일까.

손이 떨렸을지도 모른다. 어쩌면 망설였을지도 모른다. 가장 두려운 순간이었을지도 모른다. 유서가 들어 있는 봉투를 자신의 몸 대신 불태우고, 오목천동 484번지 좁은 철계단을 올라 동생이 기다리는 옥탑방으로 돌아가고 싶었을지도 모른다.

아무 일도 없었던 것처럼.

아직은 아무도 모른다.

그러나 그는 내용증명 우편물 두 통을 우체국에 접수한 뒤 수원역으로 향한다.

영등포행 열차에 몸을 실었습니다. 생의 마지막 책을 한 장도 읽지 못했는데 벌써 도착했네요. 택시를 탔어요. 충청도 사투리가 구수한 아저씨의 입담도 무슨 말씀인지 귀에 하나도 들어오지 않네요. 나는 또 시 한 수를 남겨야 하는데 머릿속만 어지럽습니다. 누구에게 전화 통화하는 것도 생략합니다. 저의 인생에서 마지막 눈물은 내 조국 대추리 철조망 아래가 좋아서요. 시간은 없습니다. 나는 가야 합니다. 참된 벗들 노동자 형제를 사랑합니다. 안녕히.

-노동자 박영재

|1부| "어둠을 베고 유성처럼"

그림 최연택

그의 10주기가 다가오는 초여름날, 그녀가 낡은 소형차를 운전해 외진 시골 마을까지 나를 찾아왔다. 우리는 저수지 근처 찻집으로 갔다.

"참 좋은 곳이네요."

그녀가 창밖 풍경을 바라보며 말했다.

싱그러운 6월 참 좋은 곳에서 그녀와 내가 처음 마주 앉았다.

"여기까지 오시기 힘들었겠어요."

"이런 작가가 계신 줄 알았다면 더 빨리 왔을 텐데요."

"제가 할 수 있는 일인지는 아직……"

"그냥 들어만 주셔도 괜찮습니다."

나는 고개를 끄덕였고, 그녀는 쓸쓸한 미소를 지었다.

"그런데 왜 저를……"

며칠 전 박영재 추모사업회에서 걸려온 전화를 받고 어떻게 알고 연락을 했느냐고 물었을 때, 그녀는 한 출판사 대표의 이름을 알려주었다. 추모사업회 그녀에게 나를 소개한 사람은 80년대 말 해직 언론 기자들이 만든 진보 성향 월간지의 기자였고, 지금은 강화도 민통선 부근에서 작은 한옥을 개조해 일인 출판사와 책방을 운영하는 최 선생이었다. 1965년, 단편소설 「분지」로 가혹한 필화사건을 겪은 남정현 작가의 마지막 소설을 출간한 분이었다.

몇 해 전 남정현 선생의 책 『편지 한 통』이 출간되었을 때 선생을 모시고 식사를 하는 자리에 최 선생이 나를 초대했다. 우리는 혜화동 골목에 있는 한식당에서 처음 인사를 나누었다.

그때도 나는 같은 질문을 했다.

저를 어떻게 알고 연락을 주셨나요?

이런 작가가 많지 않아서요.

그녀와 최 선생이 생각하는 '이런 작가'란 어떤 의미일까.

"우리의 이야기를 들어주려는 분이 없었으니까요."

그녀의 대답이었다.

"우리, 밥을 먹을까요?"

나는 그녀에게 메뉴판을 건네주었다.

전에도 몇 번 먹어보았는데, 그 찻집에서 간단하게 만들어 파는 음식은 어딘가 부서지거나 상처 난 곳을 따뜻하게 쓰다듬는 듯한 맛이었다. 주재료인 팥은 귀신을 쫓는다고 알려진 것과는 다르게 영혼도 좋아하는 곡물이라고, 언젠가 찻집 주인이 말했다.

"이 집 팥죽이 맛있어요."

"그런가요?"

"아주 특별해요."

그날 이후 우리가 만날 때면 그녀는 특별한 음식을 파는 식당으로 나를 데려갔다.

40년 된 고깃집에서 백김치에 싸 먹은 오리고기, 줄 서서 기다리다 먹을 만큼 맛있었던 만두전골, 경기도당 1층 식당에서 구워준 향긋한 더덕 삼겹살, 주인이 정성껏 만든 진하고 향기로운 쌍화차 ……

그리고 그의 동지들과 함께 간 수원 북회원 중화요리집.

"그럼 먹어볼까요?"

그녀는 하얀 이를 가지런히 내보이며 웃었고, 주문한 팥죽을 기다리는 동안 그가 세상에서 모욕받고 아무도 모르게 죽음을 준비하던 날의 이야기를 들려주었다.

"5월 14일 저녁 무렵에 중앙당사 앞에서 누군가 분신을 했다는 연락을 받았어요. 영재 형이랑 점심을 먹고 헤어진 지 몇 시간이 지나서요. 그런데 소지품을 확인해 보니 분신한 사람이 수원 동지 같다고 전화를 건 사람이 말했어요."

"아…… 그날 그분을 만났던 건가요?"

"몇 명이 함께 만났어요. 이틀 전 일 때문에 걱정이 돼서요. 맛있는 밥 먹자고, 맛있는 거 먹고 힘내자고. 서울에 있던 안 동지가 급히 한강성심병원으로 갔는데…… 분신한 사람이 영재 형이었어요."

그녀가 차분하고 담담한 목소리로 그날의 이야기를 시작했다.

"평소와 다른 점은 없었나요?"

"평소대로 전날 새벽에 덤프트럭 일을 나갔다고 했어요."

"전날 새벽이라면 죽음을 결심하기 전이었을까요? 전혀 예감하지 못했나요?"

어제의 일인 듯 긴장된 그녀의 얼굴을 바라보며 내가 물었다.

"식사를 잘하지 못했던 것 같아요."

그러나 그는 평소에도 음식을 잘 먹지 못했다고 했다. 어금니가 빠져 있는 것을 보고 그의 동지가 이를 해 넣으라고 돈을 마련해준 적이 있었으나, 그 돈은 그 자신을 위해 쓰이지 않았다고 그녀가 말했다.

“무슨 이야기를 했나요?”

“모두가 지쳐있던 상황이라 억지로 웃고 그랬어요. 기운 내자고……”

“그렇군요.”

“그러다가 누군가 형에게 정말 대표를 때렸냐고 물었어요.”

“그랬더니요?”

나는 의자를 당겨 그녀 앞으로 바싹 다가앉았다.

왜 누굴 때려요, 왜 사람에게 폭력을 써요, 중앙위 결정을 막으려고 잡은 거예요, 사람들이 몰려와서 나를 떼어내고, 그러다가 붙잡고, 서로 엉킨 거예요.

마지막 식사 자리에서 그가 했다는 말이었다.

“헤어질 땐 어땠나요?”

“…… 영재 형 표정이 기억이 안 나요.”

“어디로 간다고 하던가요?”

“우체국에 들렀다가 바람을 쐬러 갈 거라고 했어요.”

“우체국에요?”

“유서를 부치러 갔던 거예요.”

“유서를 우편물로 받은 건가요?”

“다음날 북수원우체국 5월 14일 자 소인이 찍힌 등기가 경기도당과 수원시위원회로 도착했어요."

"누구에게 보내는 유서였나요?"

"공동대표들과 동지들 앞으로 각각…… 그러고는 열차를 타고 대방동 중앙당사로…… 중앙위 그 일이 일어난 지 고작 이틀이 지난 건데…… 하루만 일찍 만났다면 영재 형은 지금 살아 있을까요?"

담담했던 그녀의 목소리가 끊어지고 흔들렸다.

내 마음도 흔들렸을 것이다.

그녀는 어린아이처럼 입술을 비틀며 눈물을 참다가 마침내 울기 시작했다.

떠난 지 10년이 지났는데 그런 모습으로 울게 하는 그는 누구인가.

미사곡인 듯한 음악이 고요하게 흐르고 그녀가 그런 얼굴로 울고 있을 때, 찻집 주인이 팥죽을 가득 담은 놋쇠그릇 두 개와 설탕, 소금, 절임 반찬을 정갈하게 올린 작은 접시들을 쟁반에 받쳐 들고 와서 우리 앞에 내려놓았다.

그녀가 손바닥으로 눈물을 닦았다.

"설탕만 넣지 마시고 소금을 조금 섞으면 더 달지요."

주인이 편안하고 따뜻한 목소리로 더 달고 맛있게 먹는 방법을 알려주었다.

"그거 알아요? 팥은 영혼도 좋아하는 곡물이래요."

찻집 주인과 그녀에게 눈길을 주며 내가 농담처럼 말했다.

어쩌면 거기 없는 누군가에게도.

"맛있게 드세요……"

주인이 자리를 비켜주자 그녀가 설탕과 소금을 팥죽에 넣어 한 숟가락 떠먹었다.

"이야기를 할 수 있어서…… 울 수 있게 해줘서…… 그런 분이라 다행이에요. 10년간 누구에게도 말을 꺼내지 못했어요. 이젠 영재 형에 관한 이야기를 해야 할 것 같아서요. 영재 형이 우리 안에만 갇혀있으면 안 될 것 같아서……"

이야기는 다시 이어졌다.

나는 영혼도 좋아한다는 음식을 천천히 먹으며 그녀가 들려주는 분신 이후의 이야기를 들었다.

너희들이 박영재를 죽게 했다.

그의 동지들이 받았던 비난.

한 운동 정파를 지키기 위해 그가 죽었다.

그의 삶과 죽음에 관해 떠돌던 말들.

놋쇠그릇의 윤기 나는 바닥이 보일 때쯤 그녀가 박영재의 유서가 들어 있는 우편물 봉투와 봉투의 필체와 같은 글씨로 쓰인 이력서 한 장과 연분홍색 1주기 추모집을 가방에서 꺼냈다.

오래 참아왔던 이야기를 하며 울 수 있게 해주는 '그런 사람', 아무도 들어주지 않는 말을 들어주고 써줄 수 있는 '그런 작가'를 다시 찾아보는 것이 좋겠다고 그녀에게 말하고 싶었지만, 그날 나는 그의 책을 쓰기로 했다.

그리고 그 여름과 가을과 겨울이 지날 때까지 그녀가 운전하는 작고 낡은 차의 조수석에 앉아 그가 잠든 마석 모란공원 묘역과 태어나 자란 고향 서산으로, 박영재와 같은 삶을 살아가는 노동자들과 사랑했던 동지들과 친척과 두 동생에게로 그의 흔적을 찾아갔다.

그때마다 누군가 나와 동행했다.

✦

그녀를 만나고 돌아온 저녁에 나는 책장에서 『전태일 평전』을 꺼냈다. 저자 조영래의 이름을 지우고 출간된 초판 『어느 청년노동자의 삶과 죽음』으로 '학습'한 스무 살 무렵 이후 30여 년 만이었다. 전태일과 박영재가 묻혀 있는 마석 민족민주열사묘역에 다녀온 날에는 김형수 작가가 쓴 『문익환 평전』을 읽었다.

"빛은 어둠을 베고 사라진다. 모든 전기傳記는 자신의 세기에 흔적을 남긴 자들이 언제나 유성처럼 사라졌음을 상기한다."

-『문익환 평전』 서문 중

전태일도 박영재도 '어둠을 베고 유성처럼' 사라진 뒤에야 알게 된 이름이지만, '문 목사님'은 아직 어딘가에 계실 것만 같았다. 목사님의 육성과 걸음걸이와 서 있던 곳을 기억하는데, 떠난 것은 기억에 남아 있지 않았다.

그분은 30여 년 전 1월의 저녁에 '대낮에 불 켜진 램프의 모습'으로 환하게 돌아가셨다고 했고, 모란공원 민족민주열사묘역 동쪽 언덕 위에 평생의 동지였던 아내 '봄길'과 함께 잠들어 있는 것이 분명한데, 나는 여전히 세상에 살아계신 분으로 생각하고 있었던 것이다.

은유가 아닌 실제로.

작가 김형수의 말처럼 '늦봄' 문익환의 전기는 그분이 저 너머 세상으로 건너갔다는 것을 상기했지만, 어떤 죽음은 그렇듯 삶과 죽음, 이쪽과 저쪽을 경계 짓지도 구별하지도 않았다.

누군가는 죽음으로도 작별하지 못하는 사람.

어떤 이는 기록으로 남겨야 했던 사람들.

그러나 '이제는 이야기해야 할 것 같다'는 사람 박영재는 누구인가.

빛바랜 등기우편물 봉투에서 그의 유서를 꺼내 읽는다.

"유시민, 심상정 공동대표님 통합의 정신으로 돌아오십시오!"

"민주주의는 피를 먹고 자란다는 것을 분명히 깨닫길 바랍니다!"

"민주주의는 백성이 주인 되는 세상을 말한다. 곧 노동자, 농민 제 민중이 주인 되는 세상을 말하는 것이라는……"

두 장의 문서로 작성된 유서 끝에 붉은 지장이 있다.

그에게, 그들에게는 무슨 일이 있었던 것일까.

그가 쓴 이력서를 펼쳐본다.

버스 기사 유니폼인 듯 보이는 셔츠에 검은 넥타이를 단정하게 맨 증명사진, 태어난 연도와 생일, 그가 썼던 휴대폰 번호, 그가 다녔던 초등학교와 중학교, 세 번의 입사와 퇴사로만 표기된 노동의 흔적……

진보정당 중앙당사 앞에서 자신의 몸에 불을 붙인 봄날과 40일 사투 끝에 지상을 떠난 초여름으로부터 5년 전까지의 짧은 이력이다. 행간의 이야기도, 그 후의 자취도 없다.

그 후 5년은 어떤 삶이었을까.

어떤 삶이었기에 그런 죽음을 선택했을까.

인터넷 사이트를 뒤져 그의 모습을 더 찾아본다.

하늘색 티셔츠를 입고 챙 달린 모자를 쓴 박영재와 영정 속 박영재는 웃고 있다. 카메라를 든 사람들과 초록색 조끼를 입은 사람들에게 둘러싸여 누군가의 목덜미를 움켜쥐고 있는 박영재는 웃고 있을 때와 같은 하늘색 티셔츠를 입었으나 무언가에 필사적으로 저항하는 얼굴이다. 유서의 수신자인 듯 보이는 두 '공동대표'가 기자들 앞에서 무슨 말인가를 하고 있다.

불에 그을린 흔적과 검은 재와 소화기 분말 가루가 남아 있는 보도블록, 짙은 초록으로 물든 가로수 옆에서 고개를 숙이고 주먹을 쥐고 서 있는 남자의 흐린 모자이크 사진 속 불의 무늬, 붕대로 감싼 몸, 붕대 밖으로 보이는 발등과 감긴 두 눈, 영정이 되기 전 사진 속 그의 머리 위 나무에 피어 있는 붉은 꽃 한 송이.

검은 옷을 입고 흰 장갑을 낀 사람들이 영정 앞에서 울고 있다. 그녀도 울고 있고, 그녀가 말했던 안 동지도 울고 있고, 익숙한 이름과 얼굴, '이정희'도 울고 있다.

이정희의 모습을 보고 나서, 나는 10년 전 박영재의 죽음과 관련된 통합진보당 사건에 대해 찾아본다. 몇 번을 되풀이해 읽어도 이해할 수 없고 납득할 수 없고 알 수 없어서 몇 날을 더 뒤져본다.

노동자 박영재가 목숨을 던져 지키려 했다는 그 당 통합진보당은 2011년 1월 5일, 심상정, 노회찬 의원 등이 이끌던 <새진보통합연대>, 유시민 대표의 <국민참여당>, 이정희 대표의 <민주노동당>이 통합해 약 13만 당원으로 창당한 진보연합정당이었고, 그해 4월 11일 19대 총선에서 노동계 조준호 대표가 합류한 4인 공동대표 체제로 지역구 7석, 정당지지율 10.3%, 비례대표 6석 등 13개 의석을 확보해 원내 3당이 된다.

그런데 왜 희망의 싹을 틔우기도 전에 꺾여야 했을까.

2012년, 통합된 당을 만든 지 몇 달 만에 진보세력은 다시 분열했고, 한 노동자가 죽었다.

10년 전 19대 총선 통합진보당 비례대표 경선부정에 대한 진상 보고서가 발표되고 노동자 박영재의 분신까지 12일. 그 복잡하고 풀리지 않는 의혹의 시간 속에서 내가 괴로울 만큼 헤맬 수밖에 없었던 것은 그 비극이 일어난 곳이 수십 년간 노동운동, 진보 사회운동을 해온 사람들의 메카였고, 그가 그들의 동지였기 때문이다. 소시민으로 살고 있지만, 이 사회의 진보와 평등과 평화를 바라는 한 사람의 시민으로 그들의 삶에 빚진 마음, 그런 마음으로 선거 때마다 진보정당에 투표하는 사람으로서 그때의 일을 한 정당에서 벌어진 안타까운 사건 정도로, '진보는 분열로 망한다'는 타자화된 허무의 시선으로 지나칠 수는 없었다. 더구나 나는 예상치 못한 '운명'에 휘말려 그

일의 '심장'과도 같은 한 사람의 이야기를 써야 할 상황에 놓여 있다.

그러나 결국 나 자신의 선택이었다.

나는 어떻게 그의 이야기를 시작해야 할까.

✦

녹음이 점차 짙어지던 6월 22일 토요일, 그가 묻혀 있는 마석 모란공원으로 갔다. 10주기 추모제가 있는 날이었다. 인연이 있어 여러 번 가 본 곳이었지만, 그의 무덤은 처음이었다.

모란미술관 옆 묘역으로 가는 길은 열사들을 찾아온 사람으로 가득했다.

박영재의 묘지 앞에도 수백 명의 추모객이 모여 있었다.

새로운 진보정당으로 6월 1일 전국동시지방선거를 치르고 온 사람들과 진보 운동의 원로들, 붉은색 푸른색 조끼를 입은 비정규직 노동자들이었다.

그녀의 사회로 추모제가 시작되었다.

수원에서 시의원으로 당선된 사람은 지역구 삼분의 이가 바뀐 곳에서 당선증을 받을 수 있었던 것은 바뀐 지역구에 '박영재 동지'가 마지막으로 살며 활동했던 동네, 오목천동이 있기 때문이라고 했다. 그래서 절대로 패배하면 안 된다고 생각했다며 그의 무덤을 바라봤다.

2010년 민주노동당 도의원이었던 여성 정치인은 12년 만에 다시 도의원으로 당선되어 묘지를 찾았다. 60세 이상이 70%가 넘는 농촌에서 농민 후보로 출마한 그는 한글을 몰라 그의 이름을 수십 번 따라 그리며 모양을 외워서 투표한 어르신들의 감동적인 모습과 "그 당의 굴레만 아니었다면 벌써 몇 번이나 해 먹었을 텐데……" 하고 안타까워하던 주민들의 이야기를 전해주었다. 그러나 진보정당의 후보가 아니었다면 농민을 위한 정책을 펼 수도, 그런 사랑을 받을 수도 없었을 거라고 역설했다.

6월의 하늘과 햇살은 더없이 빛나고 푸르렀고, 모란공원 묘역은 공처럼 둥글고 네모난 무덤들과 살아있는 사람들이 조화를 이루어 어느 별의 평화로운 마을 같았다.

"내년 11주기에는 열사의 책이 나올 겁니다."

준비된 순서를 모두 마친 후 그녀가 추모객들에게 말했다.

박수 소리와 함께 헌화가 시작되었다.

나는 꽃을 들고 서 있는 사람들 사이를 빠져나가 묘비에 쓰인 열사들의 이름들을 살펴보았다.

박영재의 묘지 위쪽 박영진과 제종철의 무덤. 이소선, 백기완 선생님과 전태일이 잠든 곳. 김용균의 무덤 옆 노란 자전거.

늦봄 문익환 목사님이 계신 동쪽 언덕 위 나무계단에서 비탈을 따라 내려갔을 때 나는 뜻밖의 이름을 발견했다. 묘역 아래쪽에 남정현 작가의 무덤이 있었다. 선생이 그곳에 계실 줄은 상상도 하지 못한 일이었다.

혜화동 골목 안 식당에서 점심을 먹고 어느 카페에서 차를 마시며 보았던 그분의 작고 가녀린 체구와 맑은 눈빛이 떠올랐다.

해방 후 남한에 주둔하며 일으킨 미군의 범죄, 그 때문에 한 독립운동가 가족이 겪는 비극적인 삶을 통해 제국주의를 비판하고 풍자한 소설 「분지」로 유신정권 중앙정보부에 끌려가 모진 고문을 당했던 작가.

고문과 옥고의 상처로 평생 신경안정제를 삼키며 살아야 했던 선생이 「분지」 필화사건을 겪은 지 50여 년이 지난 후 여든을 바라보는 나이에 쓴 소설 또한 제국주의에 보내는 '편지 한 통'이었다. 쇠약해진 몸에 손이 떨려 글씨를 쓸 수 없어서 선생이 불러주고 손자가 받아썼다는 마지막 소설은 국가보안법이 미국에 보내는 '편지', 한반도의 평화를 위협하는 북미대결을 멈추고 평화협정을 체결하라는 평생의 전언이었다.

1933년 충남 서산 출생의 작가와 그 작가의 책으로 알게 된 강화도의 최 선생, 1968년 충남 서산에서 태어나 그곳에서 성장한 박영재, 최 선생의 소개로 만난 추모사업회의 그녀, 남정현과 박영재의 혼이 깃든 6월의 모란공원.

그 모든 '우연'은 어떻게 시작된 것일까.

영혼의 세계를 믿지 않는 유물론자라 해도 어딘가에 그들의 세상이 있을 것 같다고 느끼는 순간이 있을 텐데, 나에게는 그 여름과 가을과 겨울이 그런 시간이었다. 저쪽 세상이 이쪽 세상을 건너다보고 있을 것 같은. 우리의 눈에는 보이지 않지만, 그들은 우리를 볼 수 있을 것만 같은.

태풍과 함께 여름이 물러나고 햇빛이 밝게 빛나는 초가을 오후에 나는 다시 마석을 찾았다.

그날도 그녀와 함께였다.

|2부| 세상 저편, 우리의 영토塋土

태풍과 폭우가 여름의 끝을 지나갔다. 묘역을 통째로 삼켜버릴 듯한 거센 비바람이었다. 밤 산책을 좋아하는 종철 형도 동지들을 부지런히 챙기는 태일이 형도 한동안 보이지 않았다. 동이 트기 전에 지팡이를 짚고 검푸른 묘역을 둘러보며, "태일아, 종철아, 영재야……" 이름을 불러주던 문 목사님의 낮고 그윽한 목소리도 들리지 않았다.

긴 비가 그치고 햇살은 처연하다. 폭우에 땅속 깊이 숨어든 듯 기척이 없던 뱀들이 무덤 위를 스르륵 지나갔고, 작고 흰 나비들이 날아올랐다. 밤에는 뼈마디에 서늘한 기운이 느껴졌다. 여름이 스러지고 가을이 오고 있다. 뜨거운 불과 차가운 물을 견디기 힘든 이곳 영혼들에게 가을은 축복 같은 계절이다.

아! 목사님.

문 목사님의 음성과 지팡이 소리가 다시 들려온다.

동쪽 언덕 위 나무계단 끝에서부터 가까워지는 새벽 기침 소리와 이슬에 젖은 무덤 앞을 서성이는 발소리.

사랑하는 이름이 새겨진 비석들 사이를 차례로 건너와 마침내 "영재야……" 하고 부르는 목사님의 음성이 들릴 때, 나는 내 이름 박영재의 의미에 대해 생각한다.

나는 누구인가.

어쩌다가 이 거룩한 묘역에 묻힌 것일까.

지금은 가을빛이 세상을 물들이는 시간.

묘역 입구 오솔길에 사람의 모습이 보인다.

누구를 찾아온 사람들일까.

지난여름에는 제씨 종철 형을 보러온 이들이 있었다. 기일도 아니었는데. 평전을 써준 동지들이었다고 그날 밤 형이 말했다.

종철은 나와 같은 해 1968년에 출생했으나 나보다 9년이나 먼저 이곳으로 왔다.

2012년 6월에 내가 온 날, 살아있는 사람들이 모두 돌아가고 혼자 남겨진 깊은 밤에 종철이 내 무덤을 두드렸다. 칠흑 같은 어둠과 구슬픈 밤새 소리, 풀벌레 울음 가득한 묘지에서 긴 속

눈썹 아래 깊고 빛나는 두 눈이 나를 내려다보고 있었다.

내 생에 마지막 책 속의 이름과 얼굴.

나를 떠나보낼 때 동지들이 마련해준 고운 수의를 입고 무덤 밖 어둠 속으로 나가자, 여전히 청년의 모습을 간직한 종철 형이 아직 열기가 남아 있는 나의 몸을 힘껏 끌어안았다.

소나무 아래 서 있던 태일 형은 스물두 살 앳된 얼굴로 다가와 손을 잡았다.

마주 선 우리의 주위로 푸른 불빛이 모여들었다. 별처럼 반짝이는 빛들이 하나둘 형체를 띠고 모습을 드러냈다.

나뭇가지 위에서.

무덤 앞 벤치에서.

비석과 동상과 솟대 위에서.

캄캄했던 묘역이 한순간에 거대한 성탄 트리처럼 빛났다.

나는 주체할 수 없는 환희와 놀라움으로 이슬에 젖은 잔디 위에 낮게 엎드렸다.

"박영재 동지……"

문익환 목사님.

"오셨군요, 박영재 동지……"

이소선 어머니.

떨리는 나의 뼈마디를 쓰다듬는 손길과 깃발처럼 펄럭이는 하얀 옷자락들.

애처로운 아들딸과 가여운 형제들과 사랑하는 사람들을 남겨두고 세상을 떠나왔지만, 그 밤, 나는 두렵지도 외롭지도 아프지도 않았다.

이곳은 고결하고 의로운 영혼들이 지키는 맑고 고요한 영토塋土.

차별도 편견도 거짓도 없는 내가 그리던 나의 세계였다.

두 여자가 소나무 쪽으로 천천히 걸어 올라와 밤마다 우리가 모여드는 추모비 앞에서 숨을 고른다.

그들은 누구인가.

눈부신 초가을 햇살에 가려 희미한 실루엣만 느껴진다.

한 사람은 휴대폰을 꺼내 사진을 찍고 있고, 다른 사람은 고개를 돌려 내 무덤 쪽을 바라본다.

눈을 부시게 하던 햇살이 그녀의 얼굴을 비껴간다.

희미했던 모습이 선명해진다.

그녀다.

뜨겁게 쏟아지던 여름 볕에 몸살을 앓은 듯 그을리고 수척한 얼굴이지만 내가 아는 그녀가 틀림없다.

"박영재 부위원장……"

나를 그렇게 불러주던 사람.

열여섯 살 시골버스 차장에서 자동차 정비기사로, 건설현장 덤프트럭 기사에서 버스노동자로, 숨 쉴 틈 없이 고된 노동 속에서만 살아가던 내가 그들을 만나 함께 공부하고 활동하고 마침내 민주노동당 수원시당 부위원장이라는 과분한 직책을 맡게 되었을 때, 내 마음이 얼마나 벅차고 설레고 또한 두려웠는지 그녀는 알고 있을 것이다.

아직 다 읽지 못한 책 한 권과 시너 한 통을 배낭에 넣고, 낡고 닳은 안전화를 신고, 다시는 돌아가지 못할 오목천동 나의 작은 옥탑방을 내려온 날, 수원을 떠나기 전에 만난 사람도 그녀였고, 북회원 중화요리 식당에서 동지들과 마지막 식사를 한 뒤 우체국으로 가서 부친 유서의 수신자도 그녀였다.

북수원우체국에서 수원역까지 3.7킬로미터.

동생 태삼과 함께 동대문시장에서 삼발이 장사를 하며 여섯 식구의 생계를 책임지던 열세 살 소년 전태일이 미수금을 갚지 못해 무작정 남쪽으로 걸어왔다는 50년 전 5월의 어떤 날처럼 서럽고, 아프고, 눈부셨던 오후.

느린 걸음으로 걸어도 한 시간이 채 되지 않는 그 거리의 모든 낯익은 것들과 작별하고, 어린 전태일이 온종일 걸어온 영등포에서 수원역까지의 눈물 나는 그 길을 열차를 타고 거꾸로 거슬러가 마침내 대방동 당사 앞 인도에서 내 몸에 불을 붙인 날 밤, 불쏘시개 장작처럼 검게 타버린 나를 찾아 울면서 달려온 사람도 그녀였다.

나의 동지, 얼마나 놀라고 무서웠나요.

누군가에게는 의미 없는 죽음일지 모르고 어떤 사람은 동의할 수 없는 죽음이라 생각할지도 모르고 그녀와 동지들에게는 깊은 상처로 남겠지만, 그 모든 것을 예상하면서도 실행할 수밖에 없었던 이유를 나 자신은 알고 있다.

생애 처음으로 꿈꾸어 본 세상.

그 세상을 향해 한 걸음 더 나아가던 새로운 시간 앞에서 상상도 할 수 없는 일이 일어났을 때, 카메라에 잡힌 낯선 내 얼굴만큼이나 믿을 수 없는 그 날의 중앙위 장면을 목격했을 때, 그 일로 인해 동지들과 당이 더 큰 시련을 겪어야 할지도 모르는 그때, 나는 무엇을 해야 했나.

육체적 생명이 끊어져 땅속에 묻히고 영혼으로 떠나온 지 10년이 지났지만, 아직도 잊을 수 없는 그해 2012년 5월 12일.

그날 이후 이틀의 시간.

부정한 세력이라는 누명에 폭력의 오명까지 덮어쓰게 된 동지들의 하얗게 질린 얼굴, 분노를 참지 못하고 중앙위 대표들이 있는 단상으로 뛰쳐 올라가고 말았던 나의 모습, 진실이 밝혀지기도 전에 훼손되고 당에서 내몰릴 동지들, 꿈꾸던 노동자

진보정치의 미래…… 머릿속을 어지럽히는 생각들로 고통스러운 이틀 밤 이틀 낮을 보냈다.

내가 없으면 내 동생 영석은 누굴 의지하며 살까.

나의 아들과 딸은 어떻게 살아갈까.

잠든 영석의 애처로운 얼굴을 한참 동안 바라보다가 동이 트기 전에 덤프트럭을 끌고 나가 마지막 노동을 하던 새벽부터 어둠에 잠긴 경기도당 사무실에 홀로 앉아 통합진보당의 두 대표와 동지들에게 유서를 쓰던 다음날 새벽까지, 나는 무엇을 해야 할까 생각하고 생각했다.

그러나 나는 본디 목숨 하나로 살아온 사람이었고, 그것만이 전부인 노동자였다.

“저는 시 쓰는 걸 좋아합니다.”

그녀에게 했던 말이 생각난다.

2005년 내 나이 서른여덟 살에야 진보정당의 당원이 되어 2006년 시의원 보궐선거를 도왔던 그해, 민주노동당 후보 선거사무실에서 그녀를 처음 만났다.

“제가 할 일이 없을까요?”

쭈뼛거리며 건넨 말에 그녀는 시원시원한 말투로 장난스럽게 물었다.

“무엇을 잘하시나요?”

"시를 쓸 줄 압니다."

고작 시 같은 것이 무슨 도움이 될까.

그러나 그녀는 하얀 이를 활짝 드러내며 웃는 특유의 미소 띤 얼굴로, 곧 시작할 선거사무실 개소식에서 시 낭송을 해달라고 했다.

뿌리가 깊어서 꿋꿋하게 살아가는
잎이 험상궂어 사자 이빨처럼 무서워서
부정부패가 벌벌 떠는
나의 이름은 으라차차 민들레

생각나는 대로 노트에 끄적인 시 한 편을 낭독하고 나서, 나는 그녀에게 언젠가 꼭 제대로 된 시를 써서 보여주겠다고 약속했다.

그러나 지키지 못한 약속은 6년 뒤 2012년 5월 14일, 수원을 떠나며 부친 편지 한 통으로 대신했다. 내 생에 '제대로 된 마지막 시'는 동지들에게 보낸 유서였고, 내 동생 영석에게 남긴 편지와 영등포역에서 대방동 당사로 가는 택시 안에서 노동자 벗의 휴대폰으로 예약 발송한 문자메시지였다.

그녀의 곁에서 사진을 찍고 있는 사람은 누구일까.

동지인가.

두 사람이 내 무덤 아래쪽 민족민주열사 추모비와 계훈제 선생의 묘비 앞에서 고개를 숙인다.

✦

산 사람은 빛 속에 있고, 죽은 이들은 어둠 속에 있다.

태양은 그들의 것이고 달과 별은 우리의 것이다.

산 사람들이 태양 아래 있을 때 우리는 무덤 속 육신의 흔적에 깃들고, 달과 별이 뜨는 밤이 되면 내일의 태양이 떠오를 때까지 자유롭게 날아오른다.

지금은 세상의 낮, 영혼들의 밤.

"여기 버섯이 피었네?"

그녀가 무덤에 뿌리를 내리고 여름내 발을 간지럽히던 버섯을 뽑아 소나무 밑에 던진다.

"무슨 버섯일까요?"

뒤따라온 여자가 나무 아래 쪼그려 앉아 작고 귀여운 야생 땅송이버섯에 휴대폰 카메라의 초점을 맞춘다.

"어느 해 영재 형 무덤에 잔디가 다 죽어 있었어요."

그녀가 소나무를 올려다본다.

"잔디가 죽었다면…… 겨울이었나요?"

여자가 그녀를 돌아보며 묻는다.

"아니요. 3주기 추모제였으니 6월이었지요. 잔디가 가장 좋을 계절이었는데 형의 무덤만."

"왜 그랬을까요?"

"묘역 관리인의 말로는 송진이 떨어져서 그럴지도 모른다고 했는데……"

"정말 그런가요?"

"그럴 리가 없잖아요. 그런데 그게 당이 해산된 다음해였어요."

그녀들이 주고받는 이야기 속으로 희미한 바람 소리와 나뭇잎 스치는 소리, 그리고 그해의 기억이 섞여든다.

내가 떠나온 다음해 2013년 8월 28일, 국정원 프락치의 불법녹취로 동지들이 붙잡혀 갔을 때, 2014년 12월 19일, 헌법재판소의 위헌 정당 선고로 기어이 당이 해산되었을 때, 나에게 몸이 있다면 다시 동지들 곁으로 돌아가고 싶었다.

육친 같은 동지들에게 피눈물 나는 누명을 씌운 첩자는 누구인가.

2008년 국회의원 보궐선거에서 동지들이 '은갈치 양복'이라고 이름 지어 준 내게 있는 단 한 벌의 회색 양복을 입고 밤

낮으로 성심을 다해 도왔던 민주노동당 수원시 국회의원 후보, 이성윤이 아니었나.

수많은 노동 열사는 왜 여기에 있나.

버스 기사로 하루 열일곱 시간씩 일하던 나는, 가장 낮은 곳에서 가장 불안하고 험한 일을 하며 세상을 떠받치고 있는 노동자들은 이 세계에서 어떤 존재였나. 누가 그들을 존엄한 인간으로 대하고 그들의 삶을 생각했나. 중금속 맹독에 장기가 서서히 파괴되고 기계에 잡아먹혀 온몸이 부서지고 쇳물에 떨어져 흔적없이 사라진 사람은 누구였나.

그들이 조직을 세우고 노동조합을 만들며 목숨을 걸고 싸울 때 달려와 지켜준 사람들은 누구였나.

죽어 몸을 잃었지만 살아서도 유령과 다름없었던 우리에게 이름을 찾아준 사람들.

이 세계의 가장 비천한 이름으로 불리던 노동자를 가장 멋진 계급으로 되살려낸 이들이 당을 잃고 감옥으로 거리로 흩어졌을 때, 육신이 없는 나는 아무것도 할 수 없었다.

슬픔도 분노도 살아있는 사람들의 것이었다.

육체적 생명이 다해 이 묘역에 묻히던 날, 연약한 몸을 방패삼아 안팎의 분열과 탄압의 총탄을 받아내던 이는 이제 웃으며 살라고, 그러다가 가끔, 아주 가끔만, 땀 흘릴 동지들에게 시원한 바람 한 줄기가 되어 달라고 했고, 누군가는 하늘의 별이 되지도 말고, 빛으로 오지도 말고, 그저 산속 이름 없는 풀이 되어 이제는 나 자신을 위해 꽃피우라고 했지만, 나는 별빛으로도 바람으로도 꽃으로도 그들에게 갈 수 없었다.

별이 뜨고 달이 차오르고 영혼들이 날아오르는 밤.

서로의 모습을 볼 수 있는 어둠의 시간이 되어도 나는 무덤 밖으로 나가지 못했다.

내 이름을 부르는 목사님의 애타는 음성, 나의 오랜 침잠을 걱정하는 종철과 태일 형의 위로, 이 영토에서 처음 알게 된 노동 시인 영관 형님이 읊어주는 저릿한 시구와 어린 송면의 글썽이는 눈물, 소선 어머니, 우리들의 자애로운 어머니의 설득, 무덤 주위를 맴도는 영혼들의 슬픈 속삭임이 밤마다 마음을 흔들어도 나는 움직이지 않았다.

영혼이 자유롭지 않으면 무덤이 죽는 법.

처음에는 작고 흰 나비들이 떠났고, 마른 흙을 보드랍게 부숴주던 지렁이와 벌레들이 사라졌다. 해가 저물면 피어오르는 달맞이꽃은 봉오리를 열지 않았고, 별들은 다른 무덤을 찾아갔다.

내 무덤은 빗방울 하나 이슬 한 방울 스미지 못하는 폐허가 되어 살아있는 모든 것을 죽이고 떠나보냈다.

이듬해 세상의 모욕과 오해와 조롱과 탄압을 견디고 있던 내 육친 같은 동지들이 찾아왔을 때, 나는 그 눈빛 하나하나에 눈을 맞추며 생각했다.

'그들은 다시 살아날 것이다. 그것이 내가 그들에게서 배운 것이고, 이 세계의 법칙이다.'

일 년 뒤 2016년 4주기 추모제가 있던 날, 동지들은 노동자, 농민, 청년, 여성, 엄마들의 새로운 정치연합체를 창당해 나를 찾아왔다.

무덤의 풀이 다시 자라고 떠난 것들이 돌아왔다.

"누군가 우리를 보고 있는 것 같은 느낌이에요."

"그런가요?"

"묘지에 오면 늘 그래요. 그래서 따뜻하고 편안한……"

"그건 그래요. 무덤가에서 잠이 들면 그렇게도 단잠을 잔다잖아요."

"그렇죠……"

"영재 형이 우릴 보고 있나?"

그녀와 여자가 무덤 앞으로 다가서서 유품함을 연다.

나는 땅속 육신의 흔적에 깃들어 그녀들의 모습을 보고, 그녀들의 이야기를 귀 기울여 듣는다.

주황색 빛깔만 봐도 가슴이 뜨거워지는 민주노동당 티셔츠와 통합진보당 이름이 새겨진 보라색 조끼. '오월에서 통일로' 문구가 담긴 하늘색 통일선봉대 옷. '진실한 당원 상'이라고 쓰인 상패와 명예 당원증.

수원 민주버스노동자회 교육 자료 「우리는 일꾼」, 스프링으로 제본된 「노동상담 길라잡이」, 수원 비정규직센터 이사회 자료, 만화로 만든 「노동법」.

나의 손때가 묻어 있는 책들과 이제는 잡을 수도 휘날릴 수도 없는 깃대와 깃발과 붉은 머리띠.

7년의 짧은 세월 동안 노동자, 진보정당의 동지들과 함께한 행복했던 순간들과 육신은 죽어가고 있었으나 정신은 살아있어, 눈을 감고 있어도 나를 찾아온 사람들의 눈물이 생생하게 느껴지던 40여 일 세상에서의 마지막 시간. 젊은 동지들이 병원 밖 인도에 앉아 접어준 수천 개의 작은 종이학.

숨막히게 분열해 가고 있는 당의 모습.

생명이 다한 날, 이 묘역으로 온 날.

그녀가 유품함에 남아 있는 내 삶과 죽음의 기록을 여자에게 건네준다. 나를 기억하거나 기억하지 못하는 이들이 두고 간 편지들도.

누군가는 그립다고 했고, 누군가는 사랑한다고 했고, 누군가는 미안하다고 했다.

보고 싶다고, 다음 생에 다시 만나자고도 했다.

잉크가 번져 글씨가 지워진 편지도 있고, 양면이 붙어버려 읽을 수 없게 된 편지도 있다.

광화문 민중총궐기 투쟁에서 백남기 농민이 경찰이 쏜 물대포에 맞아 생사를 오가고 있다고, 그러나 끝까지 힘을 모아 싸울 테니 지켜봐 달라는 가슴 아픈 편지도 있다.

"오늘은 날씨가 참 좋네요! 새롭게 나아가는 지금, 동지를 생각합니다."

2015년 초겨울 제종철 12주기에 묘역을 찾은 이가 두고 간 연분홍 봄빛 같은 편지.

"그 위에서 우리 아빠를 지켜주세요."

나를 영재 삼촌이라고 부르는 소녀의 소망이 담긴 사랑스러운 카드.

막 입당해 신입회원 수련회에 다녀왔다는 어느 노동자가 "어제는 우리나라 투쟁의 역사와 분단의 아픔을 배웠습니다."라고 쓴 편지를 읽을 땐, 2005년 민주노동당 당원 가입서를 쓰던 그때가 떠올라 가슴 벅찼다.

누구에게나 처음은 있지.

그 첫 마음은 얼마나 깨끗하고 순수한가.

같은 뜻을 가진 동지들에게 가슴 설레고, 감춰진 역사를 바로 알고 현실의 모순을 깨달으며 분노하고 부끄러웠던 시간. 어떤 불순한 것도 끼어들 틈 없이 정의로운 생각만으로 가득했던 날들.

젊은 노동자 동지가 서 있을 그곳이 나는 눈물겹게 그리웠다.

"결국, 큰 잘못을 저질렀습니다."

놀라운 고백이 담긴 청년 동지의 긴 편지는 진보 운동을 하며 그가 느끼는 갈등과 어려움이 나의 일인 듯 아프게 했다.

있어서는 안 될 도덕적 해이로 큰 실수를 했지만, 잘못을 바로잡고 다시 활동할 수 있도록 '곁에서 함께해 주겠다'는 동지들, 그래서 다시 힘을 내었다는 그의 진실한 편지.

이런 것이 진보 운동을 하는 사람들 간의 믿음이고 사랑이 아니었나.

명백한 잘못이 있는 동지에게조차 부주의한 태만이나 실수는 아프게 지적하되, 과오를 딛고 일어설 기회를 주고 도와주는 것이 함께 가는 진보의 윤리일 텐데, 하물며 소명할 수 있는 기회나 증거도 충분치 않은, 조사한 내용 또한 사실이 아니거나 오류가 있었던 그 일, '통합진보당 부정경선 사건'이라 알려진 그 일에 어떤 진보 진영의 동지들은 왜 그토록 성급한 판단을 했을까.

왜 함께하는 동지들을 언론의 먹잇감으로 던져주면서까지 서둘러야만 했을까.

왜 진실과 거짓을 가려내야 한다는 목소리를 외면하고 중앙위 결정을 강행해야 했을까.

2012년 19대 총선 결과 진보정당 역사상 최다 의석으로 원내 3당이 되었을 때, 우리는 드디어 보수 양당체제의 견고한 바위를 뚫고 진보의 맑은 샘물을 퍼 올릴 수 있을 거라고 믿었다.

샘물이 연못을 만들고, 냇물로, 강으로 흘러, 마침내 노동자, 민중의 바다와 만날 수 있을 거라고 나는 확신했다.

13만 당원과 10.3% 국민의 지지를 바탕으로 범야권연대를 이루어 그해 겨울 18대 대선을 준비했다면, 4년 후 온갖 적폐정치와 패악으로 탄핵당한 정부는 역사에 등장하지 않았을지도 모르고, 그랬다면 그 정부 4년 동안의 비극들, 사상과 결사의 자유가 헌법에 보장되어 있는 21세기 대한민국에서 정당이 강제해산되는 역사적 치욕과 2014년 세월호와 함께 침몰한 아깝고 원통한 죽음을 막을 수 있었을 것이다.

그러나 우리는 분열했고, 분열의 틈으로 공권력이 발을 뻗었다.

총선 전에 실시한 통합진보당 비례대표 경선 과정에서 일부 후보들 사이에 선거부정과 부실 투표함 논란이 있었을 때, 의혹이 있다면 마땅히 진실이 밝혀지리라, 의심의 여지도 없었다. 진상조사위가 꾸려져 조사를 시작할 때도 모든 것이 희망적이었다.

곧 열세 명 우리의 대표가 국회로 들어가 노동자, 민중을 위한 진보정치의 씨앗을 뿌리리라.

그러나 그 일이 평생 진보 운동을 해온 동지들과 당원들을 부정한 패권세력으로 낙인찍고 통합과 연대의 정신을 무너뜨릴지, 안으로는 당원들에게 씻을 수 없는 상처를 남기고, 밖으로는 공격과 탄압의 빌미를 주어 당을 파탄 내는 불씨가 되게 할지 상상도 할 수 없었다.

또한, 내가 그토록 존경하고 사랑했던 동지들 앞에서 있어서는 안 될 모습으로 '진실'을 외치고 목숨까지 버려야 할지 생의 어느 순간에 예감할 수 있었을까.

진상조사위 조준호 대표가 언론에 발표한 부정경선 '진상 보고서'는 논란의 시작이었던 후보들에 관한 조사 결과가 아닌, 우리 당의 비례대표 경선이 '총체적 부실, 부정선거'였다는 이해할 수 없는 내용이었다. 하루아침에 부정의 주범으로 몰린 후보들과 동지들은 언론과 이에 동조하는 사람들의 무차별한 비난과 공격을 받았고, 보고서를 근거로 비례대표 국회의원 사퇴 압력을 받았다. 해명과 반론, 진실을 밝히려는 절박한 노력과 목소리는 외면당했다.

그해 5월 12일 일산 킨텍스에서 열린 중앙위원회.

의장단은 반대의견에 거수한 중앙위원들이 있는 가운데 '19대 총선 비례대표 후보 전원사퇴' 안건을 만장일치 아닌 만장일치로 가결했다. 단결하고 연대해 민중을 위한 새로운 정치를 하자던 굳은 약속이 검증되지 않은 보고서 한 장으로 단 열흘 만에 부서진, 함께 하는 동지들을 부정하는 그 현장을 나는 온몸으로 막고 싶었다. 시작도 하지 못하고 허물어지고 있는 우리 당을 지키고 싶었다. 나는 의장단 단상 위로 뛰어들었고, 이틀 뒤 불 속에 몸을 던졌다.

그 일은 진정 동지에 대한 믿음과 인내로, 진보정당에 희망을 걸고 지지해 준 노동자, 농민, 민중에 대한 무거운 책임감으로, 지혜롭고 정당하게 해결할 수는 없는 일이었을까.

당을 분열하고 진보정치의 앞길을 강풍과 비바람으로 휩쓸어버릴 만큼 지켜야 할 또 다른 무언가가 있었던 것일까.

무엇이 우리가 향하는 새롭고 희망찬 길보다 중요했던 것일까. 결국, 그 일은 검찰수사의 빌미를 주었고, 수사 결과 기소된 대부분은 애초에 부정 의혹을 제기하며 조사를 요구한 참여계 후보 측과 진상조사위에서 활동한 사람들이었다. 부정의 주범으로 몰렸던 후보들은 기소조차 되지 않았고, 나는 세상을 떠나와 이곳 모란공원의 영혼이 되었다.

10년 전 영등포행 열차를 타기 전에 마지막 식사를 같이한 동지 중 한 여성 동지가 4주기 추모제 때 놓고 간 편지는 오래도록 내 마음에 남았다.

"그날 나는 왜 그의 마음을 헤아리지 못했을까. 영재 씨의 결심을 읽었더라면 어땠을까. 지우고 싶은 날이지만, 절대 잊지 못할 날이다."

그녀는 슬퍼하며 자책했다.

20120622

어느 인터넷 사이트 그녀의 비밀번호라고 했다.

2012년 6월 22일은 한강성심병원 병상에서 40일의 사투 끝에 나의 생명이 다한 날이고, 그녀가 곱고 눈부신 웨딩드레스를 입고 사랑하는 평생의 동지와 부부가 된 날이었다.

그날 오후 내가 떠났다는 소식을 전해 듣고, 그녀는 영재 씨에게 가야 한다고, 영재 씨 보내는 날 결혼식을 할 수는 없다고 눈물을 흘리며 꽃길을 걸어 들어간 슬픈 신부였다.

어쩌면 그녀의 결혼식에 참석해 축복의 마음을 전할 수 있었을지도 모르는 그 향기로운 초여름 저녁에 나는 죽었고, 그녀에게는 평생을 아름답게 기억해야 할 순간이 가슴 아픈 날로 남게 된 것이다.

"언제쯤이면 이날로부터 자유로워질 수 있을까. 그럴 수는 없을 것이다. 내가 영재 씨를 기억하지 않는 날일 테니까."

그녀가 편지에 썼다.

나의 동지, 미안합니다. 그러나 더는 슬퍼하지 마세요. 이 묘역을 좀 보세요. 얼마나 숭고하고 아름답습니까. 가을의 밝고 따스한 햇볕과 여름의 싱그러운 나무들은 세상 어느 곳보다 아름다워요. 비탈마다 묘지마다 흰 눈이 덮이면 여기가 천국입니다. 봄이 되면 긴 겨울잠에서 깨어난 초록 뱀들과 새로 태어난 애벌레들과 추위를 이기고 되살아난 들꽃이 자연의 섭리대로 어울리는 평화로운 곳입니다.

지금은 무덤 속 육신의 흔적에 깃들어 깊은 잠이 들었지만, 밤이 되면 빛으로 날아올라 묘지를 빛낼 영혼들을 떠올려 보세요. 동지도 잘 아는 영혼들입니다. 산 사람의 눈으로는 볼 수 없으나 사람에게는 육체의 눈만이 아니라 마음으로 볼 수 있는 다른 눈이 있잖아요. 육체적 생명을 잃은 우리이지만 동지들의 마음속에 사라지지 않는 또 다른 생명을 남긴 것처럼 말이에요.

그러니 이제는 슬퍼하지도 미안해하지도 마세요.

사랑하는 가족과 동지들 곁을 떠나온 것은 아프고, 나의 죽음이 무엇을 남겼을까 되물어야 하는 안타까운 날도 있지만, 우리처럼 힘없는 사람들이 살아가기에는 너무나 고달프고 막막한 세상에서 그 이름을 불러주는 이들, 가난한 어머니가 가난한 자식의 앞날을 위해 일평생 자신의 몸을 혹사하듯, 긴 시간 진보 운동에 헌신하는 사람들과 함께했던 시간을 기억하는 것만으로도 저는 행복합니다.

사람이 제 목숨을 버리는 것은 상상할 수 없이 어렵고 두렵고 고통스러운 일입니다. 굳은 결심으로 떠나온 길이었지만, 당장이라도 기대했던 기쁜 소식이 들려 죽음으로 가는 걸음을 멈출 수만 있다면, 그래서 동지들과 함께 새로운 세상을 만들 때까지 계획하고 약속했던 모든 일을 다 할 수만 있다면……

아프고 두렵고 무서웠습니다.

그러나 가장 소중한 것을 지켜야 할 때, 죽음으로밖엔 지킬 방법이 없을 때, 누군가는 목숨과 바꾸기도 합니다. 동지가 아는 전태일이 그랬고, 이 묘지의 많은 열사들이 그랬습니다.

그들은 청계천 평화시장의 어린 노동자들을 지키고 싶었고, 구로공단 노동자들을 지키고 싶었고, 피땀 흘려 만든 노동조합을 지키고 싶었고, 군대 녹화사업으로 강요받은 프락치 활동에 의로운 친구들을 희생시킬 수 없다는 양심의 소리를 지키고 싶었고, 민주와 평화와 이 땅의 자주를 지키고 싶었습니다.

나는 노동자 민중의 삶을 위한 진보정치의 미래, 당을 지키고 싶어서 목숨을 버렸습니다.

그것은 동지들 누구의 책임도 아닙니다.

내 길과 내 운명을 스스로 결정한 것일 뿐입니다.

나 자신을 위한 것이었습니다.

가난한 집안의 자식으로 태어나 막다른 곳으로 밀려나는 운명에 순응하고, 불의를 보고 부당한 일을 당해도 저항할 수 없는 하루살이 노동자로 살던 40여 년 나의 인생에 동지들이 찾아왔을 때, 내 삶은 달라졌습니다. 억울한 일이 있어도 혼자서는 아무것도 할 수 없었던 무력한 날들, 삶의 어려운 고비고비를 홀로 넘어야 했던 외로운 날들이 동지들과 함께하는 삶으로 바뀐 것입니다.

날품팔이 일용직 노가다로 불리며 차가운 새벽길을 나서는 건설노동자들, 온갖 수모와 멸시를 참아넘기며 극한의 노동을 수행하고 있지만, 존재조차 잘 알려지지 않았던 요양보호사 노동자들, 차별의 서러움을 뼛속까지 겪어내는 학교 비정규직 노동자들, 그 반토막의 비애들……

진보정당 동지들이 건설노동자가 되고 요양보호사가 되고 학비 노동자가 되어 그 삶과 고난을 함께할 때, 노동조합이 만들어져 사용주와 동등한 자리에서 단체협상을 할 때, 마침내 그들의 노동과 이름이 세상 밖으로 나오는 경이로운 광경을 볼 때 내 마음이 얼마나 벅차올랐는지 모릅니다.

그런 날을 보게 될지 어떻게 알았겠습니까.

그러니 동지, 이제는 나를 그날의 죽음으로만 기억하지 말아 주세요.

안타깝고 억울한 죽음으로 생각하지도 마세요.

동지들이 있고, 나의 삶과 세상을 바꾸려는 꿈이 있어 행복한 삶을 살았습니다. 그리하여 정의롭고 따뜻한 영토로 돌아왔습니다.

나는 이곳 아름다운 영혼들과 함께 동지들이 만들 세상을 기쁜 마음으로 지켜볼 것입니다.

그곳은 평등하고 평화롭고 통일된 세상이겠지요.

붉은 철쭉과 개나리꽃이 무더기로 피어오른 그해 봄밤에 송죽동 만석공원 노송 지대의 소나무 길을 나란히 걸었던 일. 호수 앞에 앉아 함께 맥주를 마시던 추억. 그러나 그 시간을 같이한 동지는 감옥에 있다고, 몇 푼 돈에 양심을 팔고 무고한 동지를 팔아 감옥에 보낸 '그놈'이 2009년에 민주노동당 후보로 출마했던 선거에서 내가 시를 적어 낭송했었다고, 참 멋진 시였다고 생각해서 찾아보았지만 아무도 찾지 못했다고, 찾지 못한 것이 어쩌면 잘된 일이라고, 그녀는 긴 편지를 썼다.

그리고 기다리던 내 동생 영석의 소식도.

형 없이도 형이 신뢰하는 당원들과 의지해서 행복하게 살라고 영석에게 남긴 내 유서에 그녀가 편지로 대답을 들려주었다.

"영석이는 우리랑 함께 너무도 훌륭하게 잘 지내고 있습니다. 이젠 걱정하지 마세요, 박영재 동지."

가을 바람결에 그녀의 굵고 씩씩한 목소리가 들려올 것만 같다.

여자가 그녀에게 편지와 유품을 받아 종이가방에 담고, 어깨에 메고 있던 배낭에서 사과 세 알을 꺼내 무덤 앞에 내려놓는다.

"영재 형이 사과를 좋아했는데……"

그녀가 하얀 이를 드러내며 소리 없이 웃는다.

"이건 제가 가져갔다가 다시 돌려놓을게요."

여자가 종이가방을 손에 들고 그녀를 바라본다.

"내년 6월 영재 형 11주기에 책과 함께 돌려드릴 수 있겠네요."

"제가 잘 쓸 수 있을까요……"

"그럼요. 잘하실 거예요. 잘 될 거예요."

"묘역을 좀 둘러보고 갈까요?"

"좋아요."

"여기가 허세욱 열사의……"

"문익환 목사님은……"

"이쪽으로……"

두 사람이 가을빛 속으로 걸어 들어간다.

내 무덤을 떠나 2007년 한미FTA 체결에 항의하며 분신한 허세욱 동지에게로.

동쪽 언덕 위 문익환 목사님의 묘지로.

최우혁, 김봉환, 조영관, 박영진, 제종철의 무덤을 건너 이소선 어머니와 전태일, 김용균과 박래전이 잠든 곳으로.

박종철과 아버지 박정기 선생이 나란히 잠들어 있는 언덕 위로.

강민호, 최봉규, 조현식, 권희정…… 열다섯 살 소년 노동자 문송면이 있는 서쪽 묘역으로.

이 묘역의 모든 숨결 속으로.

✦

그녀들이 떠난 후 해가 지고 달이 차올랐다.

송면이 소나무 가지에 걸터앉아 아이처럼 발장난을 친다.

"누가 다녀간 거야, 형?"

먼저 왔거나 나중에 왔거나 세상의 나이는 의미가 없는 우리지만, 송면은 동지들을 형, 누나라 부르며 따르고 문 목사님과 소선 어머니를 부모처럼 믿고 의지한다.

"동지……"

"또 한 사람은?"

"내 책을 쓸 작가인가 봐."

"그렇구나."

"너에게도 시를 써 준 시인이 있었잖아. 들어볼래?"

"그럴까?"

[1]열다섯 당신은 죽지 않았다.

당신은 수은보다 더 오래

이윤보다 더 오래 살아남아

오늘도 평등 세상을 꿈꾸는 모든 이들의

순박한 거처가 되고 있다.

---

1 소년 노동자 문송면 추모비에 새겨진 송경동 시인의 추모시 중 일부.

송면이 시무룩한 표정으로 자신의 추모비에 새겨진 시를 들으며 여자가 무덤 앞에 놓고 간 빨갛고 탐스러운 사과 세 알을 물끄러미 내려다본다.

이 묘역에 깃든 지 34년이 흘렀지만, 여전히 15세 소년으로 존재하는 문송면.

영혼의 세계는 세상에서의 마지막 모습으로 구성된다.

마지막 얼굴, 마지막 마음, 마지막에 품은 소망.

그 마지막 모습이 슬픔으로 한으로 꿈으로 이 묘역 깊은 곳을 떠돈다.

"먹고 싶어?"

"아니……"

빛으로 존재하는 영혼은 배가 고프지 않다.

묘지의 음식은 우리의 것이 아니다.

과일은 벌레의 만찬이고 알밤과 대추는 다람쥐의 식량, 곡물은 새들의 식사이고 고기는 배고픈 산짐승에게 내리는 선물이다.

그러나 송면은 묘역을 방문한 이들이 두고 간 음식을 서글픈 눈으로 바라보곤 한다.

온도계·압력계 제조업체, 영등포 '협성계공'에서 시너로 압력계를 닦고, 온도계에 액체 수은을 주입하는 일을 하던 소년

노동자 문송면은 수은과 중금속의 독성이 온몸에 퍼져 팔다리가 뒤틀리고 이가 빠지고 물 한 모금 넘기지 못하는 고통 속에서 숨이 멎었다.

여의도 성모병원 병상에서 큰형이 떠먹여 준, 그러나 끝내 삼키지 못하고 토해낸 묽은 미음이 송면의 마지막 음식이었다.

"큰형이 감기에 걸려 아플 때 내가 학교 옆에 있는 과수원에서 사과를 따다 줬는데…… 저렇게 크고 빨간 사과였어. 형이 진짜 맛있게 먹었는데…… 우리 형 봤죠?"

송면이 송아지처럼 순한 눈으로 나를 바라본다.

"내 병원비 때문에 형이 우리 집 소를 팔았어……"

송면의 크고 맑은 두 눈에 눈물이 그렁그렁 차오른다.

지난여름 '문송면·원진 노동자 산재 사망 34주기 합동 추모제'에 다녀간 그의 형 모습이 떠오른다.

소처럼 눈이 크고 순한 모습이 송면과 꼭 닮은 사람.

송면이 살아 어른이 되었다면 그 모습일 그의 형.

"형이 꼭 좋은 고등학교에 가라고 했는데……"

스무 살에 고향을 떠나 구로공단에서 일하던 송면의 형은 수은 중독으로 죽어가는 어린 동생을 살리기 위해 산재 신청서와 몇 장에 걸쳐 직접 작성한 진정서를 들고 노동부로, 회사로, 언론사와 병원으로 정신없이 뛰어다녔다고 했다.

스무 살 어린 노동자가 아무 말도 못 하고 닭똥 같은 눈물만 뚝 뚝 흘리더라고, 그 시절 송면의 형을 도왔던 노동단체 활동가가 추모제에 참석해서 그때의 그를 회상했다.

[2]공부 열심히 해서 좋은 학교에 가길 바라며 건강해라. 형제간에 우애 있게 지내고. 87년은 송면이가 바라는 바 일들이 꼭 이루어지기를 이 형은 빌겠다.

[3]집안이 어려워 고등학교에 갈 수 없다. 하지만 친구들처럼 나도 공부하고 싶다. 산골에서 농사지으며 뼈 빠지게 고생만 하시는 부모님! 자식 공부 못 시키는 우리 부모 맘이 오죽할까. 서울에는 고등학교 공부시켜주는 공장이 있다던데……

그러나 손글씨로 쓰인 형제의 소망은 어린 소년의 유품이 되어 무덤 앞에 놓였다.

'서울에서 고등학교 공부시켜주는 공장'은 산골에서 뛰놀며 건강하게 자란 아이, 가난한 부모의 마음을 헤아리던 의젓한

2 1986년 12월 25일 문송면의 형 문근면의 크리스마스카드.

3 1987년 서산 태안중학교 3학년, 문송면의 일기.

송면을 죽였고, '좋은 학교에 가길, 건강하기'를 바라던 큰형의 기원과 가족의 희망을 앗아갔다.

수은 액체와 수증기로 뒤덮인 공장 안에서 잠을 자며 일하던 열다섯 살 문송면.

다섯 남매 중 유난히 아버지를 따르던 넷째 송면이 중학교 졸업식도 하기 전 겨울방학에 상경해 두 달도 채 되지 않아 이유를 알 수 없는 통증을 안고 집으로 내려갔을 때, 전신 발작을 일으키며 병원을 전전할 때, 송면의 아버지는 충격으로 쓰러져 아들이 짧은 생을 마감한 다음 해, 아들의 죽음을 알지 못한 채 세상을 떠났다.

"우리 송면이, 어서 일어나서 학교 가야지……"

33년 전 송면이 아버지의 마지막 말이었다.

형과 함께 찾은 서울대병원에서 송면은 '수은 및 유기용제 중독' 진단을 받았다. 그러나 회사는 산재 요양 신청서의 날인을 거부했고, 노동부는 몇 차례나 신청서를 반려했다.

작업장 바닥에 흩어져 있는 독성 수은 방울.

한계점에 이른 공기 중 수은 농도.

협성계공 작업환경에 심각한 문제가 있다는 것을 노동부는 알고 있었고, 송면과 같은 미성년 노동자 3명을 포함해 수은주입실 노동자 전원이 중금속에 중독되었다는 사실을 발견했으나, 시민단체의 노력으로 언론 보도가 나가고 사회적 여론이 만들어지기 전까지 어떤 조치도 취하지 않았다.

그 사이 송면은 죽어갔다.

회사와 노동부는 어린 노동자의 죽음을 묵인하고 방조했다.

고통스러운 직업병을 앓으며 죽어가는 노동자들을 방치하고, 자본과 결탁하여 그들의 생명을 지켜야 하는 국가의 임무를 저버린 것은 송면의 일이 처음도 끝도 아니었다.

1960년대 평화시장 전태일의 시대부터 송면의 죽음을 계기로 알려지기 시작한 원진레이온 직업병, 2007년 스물세 살의 나이에 숨진 황유미 씨를 비롯한 삼성전자 백혈병 피해 노동자들…… 태안화력발전소 사내하청 비정규직 노동자 스물네 살 김용균…… 그리고 이어지는 또 다른 무수한 산재와 직업병으로 인한 죽음.

그 모든 고통과 죽음의 배후에는 국가기관의 태만과 협조와 구조적 지원이 있었다.

그에 대항해 긴 시간 몸과 마음을 바쳐 싸워 제도를 개선하고 관련법을 만들어 내며 작은 승리를 이루어온 것은 노동자, 시민, 진보 운동 활동가들이 참여한 수많은 '대책위'들, 죽음의 진실을 밝히기 위해 온 생을 걸었던 부모와 가족, 그리고 '미친 듯이 싸워온' 그들의 동료 노동자들이었다.

[4]만일 노동청이 기업주와 결탁하고 있는 것이라면? 그렇다면 나는 기업주들만이 아니라 근로감독관, 노동청, 아니 그 이상까지도 상대로 하여 싸워야 한단 말인가? 이 현실에서 근로기준법이 지켜지기를 도대체 어떻게 바랄 수 있을 것인가? 나는 과연 저들 모두를 상대해 싸워 이길 수 있을 것인가?

1969년 청년 전태일이 평화시장 사용주들의 근로기준법 위반 사실을 고발하기 위해 시청 근로감독관과 노동청을 찾았을 때, 불법을 알면서도 외면하고 묵인하는 듯한 그들의 무관심한 모습에서 깨달았던 현실이고 진실이었다.

그것은 또한 나의 깨달음이기도 했다.

1988년, 노동부는 죽음 직전까지 송면의 산재를 인정하지 않았다.

이황화탄소 중독으로 노동자들을 직업병의 고통과 죽음으로 빠뜨린 기업 원진레이온은 노동부의 '무재해 기록증'을 발급받은 적이 있다.

용균을 죽인 협력업체는 '경영안전대상'을 3년 연속 수상한 적이 있었고, 원청은 책임을 피해 갔다.

---

4 『전태일 평전』(돌베개) 176쪽에서 인용.

우리에게는 근본적인 변화가 필요했다.

근로기준법을 안고 죽음으로 저항했던 전태일의 시대를 넘어, 노동자, 민중이 자신들에게 필요한 법과 제도를 만들 수 있는 새로운 집권의 21세기가 되어야 했다.

2018년 용균의 죽음이 전해져온 겨울.

이 묘역은 몇 날 며칠 슬픔에 잠겼다.

"김용균 열사여……"

목사님의 통곡 같은 외침.

"용균아……"

이소선 어머니의 피맺힌 눈물.

용균이 우리의 영토로 온 날, 묘지의 영혼들은 첫 별이 뜰 때부터 마지막 별이 질 때까지 기계에 찢기고 부서진 용균의 살과 뼈를 눈물로 이어붙이며 스물네 살 고왔던 몸으로 되돌려냈다.

그러나 저들의 세상에서는 누가 어린 송면들과 용균들을 지켜낼 것인가. 누가 그들을 죽음의 노동에서 해방할 것인가.

✦

어두운 나뭇가지 사이로 빛이 날아오르고 하얀 옷자락이 휘날리고 영혼들의 소리가 들린다.

오늘 밤에도 낮은 목소리로 우리의 이름을 부르며 묘역 굽이 굽이 걸음을 옮기시는 문 목사님.

소원하던 대학생 친구 박종철을 만나 근로기준법 해설서를 공부하는 태일이 형.

바람을 가르며 달리고 있는 용균의 자전거 바퀴 소리와 나지막하게 시를 읊는 노동 시인 영관 형님의 목소리.

[5]살아서 슬픈 날들이
빗속으로 떠가고 나면 갈피갈피
새로운 하늘 또한 열리겠지.

돌아서 생각하면 그리운 날들이
가을밤 별들보다 더 많았다.

근로기준법을 읽고 나서 종철과 아버님 박정기 선생님이 나란히 밤 산책을 나서면 태일 형은 곧바로 송면을 찾아 비탈을 내려올 것이고, 용균은 '살아서 슬펐던' 그날들에 자전거를 타

---

5 조영관 시 「소요유逍遙遊」 중에서.

고 태안화력발전소 새벽 출근길을 달렸듯, 무덤 옆에 세워진 노란 자전거를 타고 축축한 바람의 냄새를 맡을 것이다.

[6]숲을 척척히 적시며 떨어지는
안개 같은 비를 껴안고
소스라치고 꺼들거리고 속삭이고 움치고 뛰는
저 날카로운 물의 운동
뜨겁구나 그 운동이 너무나 뜨겁구나

묘역 멀리서 영관 형님의 시가 안개처럼, 가랑비처럼, 아스라이 들려온다. 내가 쓴 시를 읽어주러 영관 형님이 동쪽 언덕을 내려오고 있다.

어여쁘고 심지 굳은 두 청년 동지 권희정과 김윤기는 숲과 나무들 사이를 건너다니며 밤새들처럼 웃고 장난을 치더니 어느덧 발소리를 죽이고 무언가 진지한 대화를 나눈다.

권희정은 성신여대 학원 자주화를 위한 단식투쟁 중 스물세 살 나이에 목숨을 잃었고, 국민대에 다니다가 노동자가 된 덕진양행 노조 위원장 김윤기는 회사의 노조 탄압에 맞서 몸에

---

6 조영관의 시 「비 내리는 숲」에서.

석유를 끼얹고 분신을 했다.

80년대에 아들 김윤기를 잃고 눈을 감아도 아들의 모습이 보인다는 정정원 여사와 90년대 대학생 권희정이 가장 존경했던 어머니 강선순 여사가 오랜 시간 유가협을 지키며 자식의 뜻을 이어온 동무이듯, 자녀인 두 사람 역시 오누이인 듯 벗인 듯 애틋한 마음으로 서로를 아낀다.

시인이 되고 싶었지만 80년 광주학살 진상규명과 군부독재 정권 타도를 외치며 분신해 송면보다 한 달 먼저 세상을 떠나와 태일 형 무덤 옆에 깃든 민족민주열사 묘역 최초의 학생 열사 숭실대 박래전은, 그가 지은 시 '세찬 눈보라만이 몰아치는 세상에서 몸을 비틀며 피어나는' 강인한 겨울꽃, 동화冬花의 모습으로 어느새 우리 곁에 가만히 다가앉겠지.

묘역의 영혼들은 나이도 세상에 남긴 이름도 지위도 생각의 차이도 관계없이 모두가 평등하고 서로를 아끼고 돕고 존중하지만, 특히 송면에게는 마을 전체가 한 아이를 키우듯 지극하다.

1988년 7월, 산업재해 노동자장으로 치러진 '고 문송면 장례위원회'의 위원장을 맡아 수많은 노동자, 시민들을 이끌고 마지막 길을 지켜준 이소선 어머니와 영등포시장 앞 영결식에서 목메는 조사弔詞로 그의 영혼을 달래주었던 문익환 목사님은 영혼의 세계에서 송면을 만나 깊은 정을 나누고 있고, 평화시장 여공들의 든든한 벗이었던 태일 형은 어린 송면의 마음을 누구보다 세심하게 살피고 있다.

한신대에서 민주화 운동을 하다가 고압류 전선을 만드는 반월공장 대붕전선에 입사했으나, 야간 근무 중 폐선을 정리하는 연신기에 몸이 휘말려 비명도 내지 못한 참혹한 죽음으로 이 묘역에 깃든 노동자 강민호.

화학섬유 회사 원진레이온 원액과에서 일하던 중 두통과 손발 저림 등 건강 이상으로 퇴사한 뒤 인체에 치명적인 유해물질인 이황화탄소 중독 진단을 받았으나, 직업병 인정을 받지 못하고 언어 장애, 마비, 정신이상 등 심각한 병세와 싸우며 노동부와 투쟁하다가 결국 숨을 거둔 김봉환 노동자.

나의 아버지 연배이지만 세상의 나이 53세에 멈춰 있어, 내가 아버지처럼 큰형처럼 여기고 있는 김봉환 노동자는 1991년 1월 차가운 겨울에 고통스러운 육신을 벗어났으나 회사와 노동부의 산재 인정을 받아내기 위해 동료들과 시민들이 격렬한 장례투쟁을 하는 동안 부패해 가는 자신의 시신을 지켜보며 회사 정문 앞 빈소에서 137일을 영혼으로 떠돌아야 했다.

이 두 노동자 동지에게 송면은 더욱 특별한 존재일 것이다.

어린 소년 송면의 죽음으로 김봉환 동지를 비롯한 사상 최악의 산재 사건인 원진레이온 직업병투쟁과 산재 추방 운동의 역사가 시작된 것이 아닌가.

이 모든 것을 나는 세상을 떠나 이곳에 와서야 자세히 알았고, 묘역의 영혼들과 그들을 추모하기 위해 찾아온 사람들에게서 배웠다.

밤마다 우리가 모여 앉아 나누는 집담회와 추모제에 온 동지들이 들려준 이야기가 나의 공부이고 학습이고 세상과 통하는 길이었다.

영혼 하나하나의 삶과 죽음이 이 땅의 현실이고 투쟁이고 역사였다.

송면이 소나무 아래로 팔짝 뛰어 내려와 영관 형님을 좇아 추모비로 내려가는 내 뒤에 바싹 따른다.

"무슨 생각을 그렇게 했어?"

송면의 어깨에 팔을 두르며 내가 물었다.

"고향 생각…… 엄마 생각, 아버지 생각…… 형은?"

"고향 생각…… 아버지 생각, 엄마 생각……"

"또 비가 오려나?"

"또 비가 올 것 같아."

비 오기 전 달무리가 번진 서쪽 밤하늘을 올려다보며 우리는 같은 질문을 하고 같은 대답을 한다.

충청남도 서산.

그곳은 송면의 고향이고, 나의 고향이고, 송면의 아버지와 어머니의 눈물이 젖어있는 곳이고, 내 아버지와 어머니의 생애와 뼈가 묻힌 곳이다.

살고 싶었어. 병이 나으면 무서운 서울을 떠나 농사지으며 엄마랑 같이 살고 싶었어요.

나는 송면이가 죽기 전에 마지막으로 했다는 말을 생각한다.

가난이 웬수다. 네가 살고 내가 죽어야 할 것을……

송면이 아버지의 오열을 생각한다.

누가 내 아들 좀 살려줄 수 없소!

송면이 어머니의 울부짖음을 생각한다.

그리고 내 아버지 어머니와 가난하고 힘없이 자란 그들의 자식들, 노동자를 생각하고, 오늘 밤 조영관 시인 형님께 들려줄 시를 생각하며 송면이보다 한발 앞서 어두운 땅의 풀들을 밟는다.

[7]화려하지 않음은 비에 젖어도 흩날리는 꽃잎이 아니요

---

7 박영재의 시 「세상 가장 낮은 곳에서」 중에서.

낮은 키는 거센 비바람에 꺾이는 꽃대가 아니요
세상 가장 낮은 곳에서 민중을 바라보려 함이요
이제는!
민중이 하얗게 웃는 곳에
노동이 즐거운 새로운 세상에서
상식이 통하는 행복한 세상에서 살고 싶소

"진실한 정서가 좋소."

계훈제 선생의 무덤 옆 민족민주열사 추모비 앞에 앉아 나의 시를 읽던 영관 형님이 덕담을 들려주자, 어느새 우리 곁에 다가와 앉은 박래전 형이 고개를 끄덕인다.

'진실한'이라는 영관 형님의 말에 나는 신영복 선생의 추모비 글씨를 돌아보며, 언젠가 선생의 옥중서간집 『감옥으로부터의 사색』을 읽고 짤막하게 썼던 독후감을 떠올린다.

젊은 청년기의 20여 년, 세상을 가두고 인고의 세월을 무던히 지내왔을 저자가 엽서 한 장 한 장에 애절한 마음을 알알이 힘주어 썼다는 대목에서 내가 살아가고 있는 나의 인생은 얼마나 진실했던가를 다시금 되돌아보게 된다.

독후감을 떠올리며 진실에 대해 생각한다.

동지들은 죽은 나를 '진실한 당원, 참 노동자'라 불러주었다. 그러나 살아있던 날들, 나는 세상과 사람에게 진실했었나.

'진실 앞에서 우리는 과거를 반성하는 시간과 잘못된 행동을 고쳐야 하는 시간을 가져야 할 것이다.'

이런 글을 썼던 것도 기억난다.

[8]하고 싶은 일과 양심에 비춰 가야 할 길을 가는 데는 버려야 할 것들도 있었습니다. 지금도 다 버리지 못한 것 때문에 민중의 삶에 나쁜 영향을 끼칠까 두렵습니다.

동지들에게 남긴 유서도 생각난다.

자본주의, 자유주의 사회에서 나고 자란 연유로 나 자신만을 위한 이기심을 다 버리지 못하는 것이 괴로웠고, 세상의 변화와 진보를 위해 살아가려는 길에서 작은 안위를 위해 그릇된 것들과 타협할까 봐, 양심에 비추어 거짓 없는 마음으로 동지들을 대하지 못할까 봐 언제나 두려웠다.

그런 사람이 무슨 염치로 가족과 동료 노동자들과 거리에서

---

8 박영재가 동지들에게 남긴 유서 중.

만나는 시민들에게 참된 세상으로 향하는 길을 이야기하고, 진보정당, 진보정치와 손잡아 달라고 말할 수 있을까.

하고 싶은 일들, 약속하고 계획했던 일들을 이루지 못하고 떠나오는 심정은 아팠지만, 동지들과 함께 한 7년의 나의 진실은 거리에서든, 노동하는 현장에서든, 당과 함께하는 일에서든 해야 하고 할 수 있는 실천에 핑계를 만들지 않는 것이었고, 몸이든 시간이든 한푼어치의 돈이든 내게 있는 그 무엇도 아끼지 않는 것이었고, 옳다고 생각한 일, 스스로 결심하고 약속한 일은 무엇과도 타협하지 않고 양심에 비추어 진실하고 정직하게 실행하는 것이었다.

내 형제들은 나 개인의 삶도 챙기면서 적당히 하라고 근심어린 충고를 했고, 어떤 사람들은 내가 너무 지나치게 그 일에 치우쳐 있는 것이 보기에 불편하다고 했다.

그러나 그렇게 해서 어떻게 거대한 기득권 권력과 공권력과 자본의 힘에 맞서 좋은 세상을 만들 수 있겠는가.

어떻게 노동자, 민중 스스로 정치의 주체가 되고 이 사회의 주인으로 살아가는 세계를 만들 수 있겠는가.

나를 바꾸고 세상을 바꾸는 삶을 살아가겠다고 결심한 후 다른 선택은 없었다.

다른 선택이 없었기에 그렇게 떠나올 수 있었다.

묘역 여기저기서 푸른 빛들의 다정한 속삭임과 호탕한 웃음과 열띤 토론 소리가 들리고, 영혼의 세상 밖 멀리서 비구름과 빗방울 몰려오는 소리가 느껴진다.

송면과 태일 형은 친형 근면과 아우 태삼을 대하듯, 아니 그보다 더한 우애로 이 밤을 지새운다.

밤이 깊어지고 새벽이 오고 있다.

✦

닭 울음소리가 밤의 끝을 알린다. 날이 밝으면 이소선 어머니의 11주기 추도식과 최우혁 형의 35주기 추모식이 있을 것이다.

[9]"어머니, 우리 어머니만은 나를 이해할 수 있지요?"

"나는 너를 이해한다."

"역시…… 우리 어머니는 나를 이해해."

---

9 전태일 열사가 운명할 때 이소선 어머니와 나누었던 대화 인용『전태일 평전』287쪽에서.

오늘도 태일 형과 소선 어머니의 소곤거리는 대화와 낮은 웃음소리가 검푸른 새벽 묘역을 맑은 냇물처럼 흐른다.

동이 트기 전, 우리의 낮과 세상의 밤이 자리를 바꾸는 시간이 되면, 어머니와 아들은 무덤 앞 벤치에 나란히 앉아 생전에 못다 한 이야기를 주고받으며 애틋한 정을 나눈다.

아들 전태일의 삶을 대신해 평생을 '노동자의 어머니'로 살았고, 의로운 삶을 살다가 비명非命에 떠난 열사들이 민족민주열사묘역에서 안식하도록 해주신 이소선 어머니는 세상을 떠나온 뒤에도 이곳 영혼들의 눈물을 닦아주고 품어주는 우리 모두의 자애로운 어머니가 되었다.

꿈에서라도 만나고 싶었을 그리운 아들.

작고 가냘픈 몸으로 아들이 남긴 유언을 지키며 살아온 어머니.

마침내 영혼으로 다시 만났으나 태일 형도 소선 어머니도 모자지간의 깊은 정을 숨기며, 별이 뜨고 별이 질 때까지, 달이 뜨고 달이 기울 때까지, 오직 동지들 곁에서만 머물다가 새벽이 되어서야 짧은 정을 나누는 것이다.

"이 세계에서 너는 또 무엇을 굴리고 있었느냐?"

"참된 삶을 살다 온 동지들의 뜻을 바위처럼 굴리고 굴려 커다랗게 마음에 담았어요. 크고 단단하게 굴린 우리의 마음을 세상에서 투쟁하고 있는 동지들에게 쏘아 내리겠습니다. 어머니는 무얼 하시렵니까?"

"바위 같은 너희들의 참뜻을 굳은 마음으로 담대하게 안아 주련다."

우리의 묘역에는 소선 어머니뿐 아니라 자식의 뜻과 아픈 죽음을 떨쳐내지 못하고 끝끝내 그들이 남긴 삶을 살다가 그들 곁으로 온 부모님들이 계시다.

1987년 고문으로 숨진 박종철 형의 아버지 박정기 선생님.

1986년, 회사와 공권력의 노조 탄압에 맞서 '전태일 선배가 못다 한 일을 내가 하겠다'는 유언을 남기고 분신한 신흥정밀 박영진 열사의 아버지 박창호 선생님.

노동운동에 투신할 준비를 하다가 입대해 분신한 상태로 발견된 의문의 죽음, '서울대생 동향파악 카드'에 이름이 올라 있던 최우혁 동지의 부모님.

우혁 동지의 어머니 강연임 여사는 아들을 군대에 보내 죽게 했다는 자책과 아들을 잃은 단장斷腸의 괴로움을 이겨내지 못하고 강물에 몸을 던졌고, 동지의 아버지 최봉규 선생은 억울한 의문의 죽음들을 밝혀내기 위해 평생을 유가협과 함께 활동하시다가 몇 년 전 아들과 아내 강연임 여사 곁으로 돌아왔다.

자식과 가족을 원통하게 떠나보내고 긴 슬픔과 고난의 시간, 그들의 삶을 이어 살고 계신 형제들과 부모님들. 묘역의 영혼들을 잊지 않고 찾아와 그리운 모습을 보여주고, 세상의 일들과 투쟁하는 이야기를 들려주는 사랑하는 동지들.

우리의 영토塋土는 죽어 떠나온 영혼들과 살아있는 사람들이 함께 꿈꾸고 만들어온 세상, 억울하게 죽는 이 없고, 노동하며 죽지 않고, 가난과 차별로 고통받지 않고, 무분별한 개발과 전쟁으로 자연과 인간을 파괴하지 않는, 평등과 평화의 세상으로 가는 초소로 존재할 것이다.

그런 세상으로 나아가는 진보 운동의 동지들 앞을 영혼의 밝고 푸른 빛으로 껴안으며 마석 모란공원을 지켜갈 것이다.

"잘 자, 형……"

송면이 손을 흔들며 서쪽 비탈 위 자신의 무덤으로 올라간다.

새벽을 두드리는 빗방울 소리…… 새벽 비 머금은 화성…… 풀 비린내 가득하고…… 생명의 젖은 속살거림이 꿈틀거릴 때…… 문득 여명이 밝아오고……

영관 형님이 내가 살아있던 날에 쓴 시 「화성」의 시구를 읊으며 동쪽 묘역으로 모습을 감춘다.

새들처럼 어울려 놀던 젊은 벗들, 권희정과 김윤기의 모습도 보이지 않고, 용균의 자전거 소리도 멈추었다.

문익환 목사님의 발소리가 나무계단 끝으로 멀어진다.

묘역에 새벽이 깃들고, 영혼들의 밤이 온다.

"어머니만은 나를 이해할 수 있지요?"

태일 형의 물음이 내 마음에 가득하다.

|3부| 푸른 공중전화

시민의 한 사람으로서

첫눈은 탐스러웠고, 응달에 얼어붙은 눈이 녹기도 전에 폭설이 내렸다.

21세기 한국 진보정당, 헌정 사상 최초로 정부에 의해 강제 해산당한 정당의 당원이었고, 진보정치의 앞길에서 목숨을 버린 노동자 박영재.

그의 삶과 죽음에 관한 책을 쓰기로 약속하고 두 계절을 지나왔다.

여름에서 가을로, 가을에서 겨울의 한복판으로.

그리고 해가 바뀌었다.

2022년 크리스마스에는 1970년대 도시 빈민 '난장이 가족'

의 슬픈 현실과 저항의 서사를 문학작품으로 보여준 노작가가 먼 우주의 작은 공으로 떠나갔다는 소식이 들렸다.

핍박받는 사람들을 위해 구원자로 세상에 왔으나, 로마 법정에서 정치적 반역자로 사형을 선고받고 처형된 성자의 탄생일에 세상을 떠난 노작가는, 2009년 1월, 일흔이 가까운 나이에 용산 참사 현장을 찾았다.

[10]저는 본래 아주 나약하기 짝이 없는 연약한 작가이지만, 30년 전에 철거민의 슬픔, 아픔, 고통에 대해, 우리가 살아야 할 미래가 아름답기를, 그리고 슬프지 않기를, 모든 것이 평화롭고 평등하기를, 그래서 고통이 어느 한쪽으로만 집중이 되는 걸 막을 생각으로, 시민의 한사람으로서 『난장이가 쏘아올린 작은 공』을 썼습니다.

재개발 강제철거에 저항하며 용산 4지구 남일당 옥상에 올라 농성을 하던 철거민 다섯 명과 경찰 한 명이 경찰특공대의 무자비한 진압과 그로 인한 화재로 목숨을 잃었다는 소식을 듣고, 작가는 '견딜 수가 없어서' 현장에 나왔다고, 현장에서 투쟁하는 사람들에게 늘 미안했다고, 자신은 죄를 지었다고, 무

10 2009년, 조세희 작가가 용산 참사 현장에서 했던 발언 중 일부.

슨 죄를 지었냐 하면 말도 안 되는 폭압 정치의 시대에서 그 죄악을 막는 것에 더 힘을 발휘하지 못한 것이 죄라고, 지금 우리 민족은 앞이 캄캄해 아무것도 보이지 않는다고, 그래서 우리 개개인은 나침판을 지니고 지도를 가져야 한다고, 횃불을 만들기 위해 촛불 하나를 들고나왔다고, 참사 현장에 모인 사람들 앞에서 떨리는 목소리로 말했다.

불의와 싸우는 사람들에게 머릿수 하나라도 보태고 싶은 마음, 지금 한국에서 일어나는 일을 기록으로라도 남겨야겠다는 마음으로 늘 카메라를 들고 현장에 있었다는 작가는 2005년 11월 15일 이후부터는 그러지 못했다.

농산물 수입개방과 WTO 쌀 수입 협상 국회 비준을 막기 위해 여의도 전국농민대회에 참석했던 충남 보령농민회 전용철, 홍덕표 농민이 경찰의 잔인한 집단구타로 쓰러진 2005년 11월 15일 그 현장에서 작가의 카메라도, 그의 몸과 영혼도 스러지고 부서졌다.

마흔세 살 전용철 농민은 9일간의 투병 끝에 세상을 떠났고, 홍덕표 농민도 그해 12월 18일에 숨졌다.

그날의 충격과 폭력의 상처로 '연약하다는 것을 넘어서 몇 가지 병이 쳐들어와' 현장에 나올 수 없는 몸이 되었지만, 밝음을 만들기 위해 다시 왔다고, 여섯 분의 귀중한 생명을 가슴에 새기고 그들의 가족, 그들의 동지인 개개인이 정신을 바짝 차리고 우리의 무지에서 벗어나서, 밀림에서 벗어나서, 밀림 다음에 나타나는 넓은 개활지를 발견하자고, 그러기 위해서는 '연대와 사랑의 힘'을 만들어야 한다고 호소했던 노작가는 이제 이 별에서 떠났다.

"중국의 위대한 작가 노신도 말했습니다. 큰 횃불이 나오기 전에 우리는 각자 작은 촛불이라도 들어야 합니다. 힘을 가집시다. 이성을 가진 우리가 이깁니다."

참사 현장에서 전한 마지막 말이었다.

나는 군사독재 시절 폭압과 불의와 싸웠던 현장에 머릿수를 보탰던 한 사람으로, 감옥에 가거나 다치거나 죽어간 내 또래 친구들, 많은 이들이 다른 삶을 찾아 떠날 때 그러지 않았던 선배와 동료들을 기억하는 시민으로서, 우리가 바라온 '아름답고 슬프지 않고 평화롭고 평등한 미래'에 자신의 삶 전부를 던져 살아온 사람들의 이야기를 언젠가는 써야 하지 않을까 생각하고 있었다.

그것이 이제라도 내가 들어야 하는 촛불이 아닐까 생각했다.

80년대에 젊은 시절을 보내며 우리가 옳다고 믿었던 세계.

정직한 노동으로 살아가는 대다수 민중이 국가권력과 자본의 구조적 수탈에 점점 더 작아지다가 결국 '키보다 큰 (생존의) 놋수저' 안에서 오므라들어 죽지 않고, 강대국에 주권을 빼앗기지 않고, 분단을 지속하고 평화를 위협하는 모든 협정과 군대와 무기를 허용하지 않는, 그런 세상에 대한 염원이 이제와 폐기되거나 다른 무엇으로 대체될 수는 없다.

변한 것이 있다면 그런 세계를 함께 꿈꾸고 그런 세상을 만들자고 약속했던 사람들이 마음을 돌려세우고, 타협하고, 조금 안온한 삶과 작은 권력을 찾아 나갔다는 것이다.

다수의 사람이 빠져나간 그곳에는 계급의식을 획득한 노동자, 농민, 노동구조의 가장 밑바닥에서 차갑게 차별받는 비정규직 노동자들이 있고, 마음을 바꾸지 않고 전 생애를 '현장에서' 헌신하는 활동가들이 있다는 것을 우리가 모를 리가 없다.

나는 다른 삶을 찾아 빠져나온 사람이었다.

그러나 어디로 도망칠 수 있다는 말인가.

우리가 분노하던 그 시절에서 크게 달라지지 않은, 불법을 '합법'으로 가장해 더욱 악화하고 있는 세상에서 피할 수 있는 곳은 어디인가.

결국, 같은 세상에서 살 수밖에 없는 우리는 적어도 모래에 머리를 파묻고 못 본 척하거나 손바닥으로 해를 가리지는 말았어야 했다.

손을 내리면 보일 그곳에서 무슨 일이 일어나고 있는지, 그들은 어떻게 살아가고 있는지 알았어야 했고, 불리한 정치구조와 선거제도에서 부정되고 조롱당할 때 동조하지 말았어야 했고, 머릿수가 필요할 때 숫자로라도 존재할 수 있어야 했고, 기득권 거대 정당을 위해 그들을 희생시키지 말았어야 했고, 난장이들이 자연스럽게 거리를 활보하며 극장에 가고 백화점에도 가고 사장과 마주 앉아서 협상하고 자신들에게 필요한 법을 그들 스스로 만드는 것이 온당한 일이라고 더 적극적으로 믿었어야 했고, 키 작은 사람들을 혐오하는 세력이 그들을 흔들고 휘청이게 할 때 "우리도 같은 난장이다!" 소리치며 엄호했어야만 했다.

그러나 나는 그렇게 하지 않았고, 그렇게 하지 않는 사람들을 자주 목격했다.

시대착오적이라는 말로, 체제가 다른 분단국가의 반쪽을 추종한다는 확증편향으로, 세상이 바뀌었다거나, 진보세력의 힘이 너무 약해서 그들에게 희망을 걸 수 없다거나, 한꺼번에 모든 걸 해결할 수 없으니 기다려야 한다거나, 유연함이 필요하다는 등의 적당한 후퇴와 타협으로 힘없고 가난한 사람들의 삶을 더 추락하게 하고, 변화를 더디게 하고, 더 많은 죽음을 보아야 했을지도 모른다.

그것이 우리가 저지른 '죄'일지도 모른다.

지난 유월 초여름 '박영재 열사 추모사업회'에서 그의 책을 써달라는 전화를 받고, '누군가는 꼭 해야 할 일이겠지만' 내가 할 수 있는 일은 아닐 거라고 확답을 유보하면서, 돌아갈 길이 너무 멀어 두 계절이 지나도록 피할 곳을 찾아 헤매이면서도 나에게 무엇이 온 것인지, 어떤 결정을 하게 될지 예감할 수 있었다.

'현재의 나'가 아닌 나의 오래된 어떤 '운명'이 반응하고 있는 느낌이었다.

피하고 싶지만 피해지지 않을 때, 피할 수 있지만 피하고 싶지 않은 일이 있을 때, 나는 종종 '운명'이라는 불확실하나 불가항력이라 여겨지는 힘에 기대곤 하는데, 운명이란 것이 회피나 도피, 약자의 순종과 그들에 대한 지배를 정당화하기 위해 발명된 도구일 수 있겠으나, 나에게는 자신도 모르는 사이, 오랜 시간에 걸쳐 이루어진 선택과 무언가를 간곡하게 바라온 마음의 총합 같은 것이었다.

2005년 민주노동당에 입당하면서 저의 삶이 달라졌습니다. 당당한 노동자가 되었고 민중의 삶과 나의 삶을 바꿔내는 일도 했습니다.

2012년 5월 14일, 박영재가 동지들에게 남긴 유서의 일부이다.

38년을 소시민의 삶을 살던 한 노동자가 생의 마지막 7년을 비정규직 노동활동가로, 진보정당의 열성적인 당원으로, 노동자, 민중이 주인 되는 새 세상을 꿈꾸는 사람으로, 누구보다 자발적이고 헌신적으로 살았던 것은 어떤 운명, 어떤 마음의 총합이었을까.

하고 싶은 일들이 아직도 많이 있습니다. 계획하고 있는 것과 약속한 일들, 이러한 것을 다 이루지 못하는 심정은 아프지만, 일에도 순서가 있습니다. 소중한 일, 중요한 일, 급한 일, 그중에서 선택을 해야 되겠죠.

저의 인생에서 마지막 눈물은 내 조국 대추리 철조망 아래서가 좋아서요.

-박영재의 유서 중

생의 마지막에 흘릴 눈물조차 자신을 위해서가 아닌 철조망 안에 갇힌 조국 땅에 두고 간 것은 어떤 운명이 가져온 선택이었을까.

나는 이 사람의 마음을 이해할 수 있을까.

이 사람의 죽음을 이해할 수 있을까.

이 사람의 죽음과 그때의 진보정당에 대해 이해할 수 있을까.

어떤 마음으로, 어떤 방식으로 그를 이야기해야 할까.

한 노동자의 삶과 죽음에 대해 안다는 것은 우리에게 어떤 의미가 있을까.

그에 관한 기록은 누구에게, 어떻게 전해질 것인가.

작은 나침판이 되고 지도가 되어 어느 한 사람의 마음에라도 스며들 수 있을까.

할 수만 있다면 나는 그런 질문들을 피해 '누군가는 해야 하는', 그러나 역시 '나의 일'은 아니었다고 변명하며 도망치고 싶었다.

혁명이 필요할 때 우리는 혁명을 겪지 못했다. 그래서 우리는 자라지 못하고 있다. 제삼세계의 많은 나라들이 경험한 그대로, 우리 땅에서도 혁명은 구체제의 작은 후퇴, 그리고 조그마한 개선들에 의해 저지되었다. 우리는 그것의 목격자이다.

2022년 겨울, 이 별을 떠난 작가의 말이다.

두 아이가 굴뚝 청소를 했다. 한 아이는 새까맣게 되어 내려왔고, 또 한 아이는 그을음을 전혀 묻히지 않은 깨끗한 얼굴로 내려왔다. 제군은 어느 쪽의 아이가 얼굴을 씻을 것이라고 생각하는가?

작가가 70년대 문학작품에서 던진 질문이다.
당신은 어느 쪽 아이인가.
우리가 굴뚝에 들어가기는 했었나.

어느 별에서 쏘아 내린 작은 공

여름과 가을, 그리고 겨울을 보내면서 나는 한 번도 굴뚝에 들어가 본 적이 없는 사람처럼 너무 말끔한 얼굴로, 시꺼먼 재와 그을음을 몸에 묻히고 이 세계를 떠난 노동자 박영재와 여전히 굴뚝에서 나오지 못하는 사람들을 만났다.

박영재를 알거나 기억하는 그의 동지들과 활동가들, 오랜 세월 진보 운동에 몸담았던 원로 선생님들을 만나 이야기를 나누었고, 살아있는 박영재를 본 적은 없지만 해마다 마석 모란공원 추모식에 참가하는 젊은 노동자들과 청년들, 그와 함께 활동했던 버스회사 옛 동료와 두 동생과 친척을 만났다.

진보의 분열에 실망해 어떤 정당에도 소속되지 않고 10년을 보냈다는 이를 만난 적도 있었다.

그는 오랫동안 진보정당의 당원이었고, 통합진보당이 창당된 후에는 지역위원회 간부로 활동한 사람이었다.

나는 그에게 비례대표 후보 경선 진상보고서의 내용이 사실이라 생각하느냐고 물었다. 그것은 상식적으로 가능한 일이 아니라고 그가 대답했다. 그런데 왜 그런 일이 벌어졌다고 생각하는지 다시 물었다. 경선부정이 없었더라도 근본적인 문제는 있었다고 그가 말했다. 진보 진영 내 지속적인 불신과 패권 같은 것에 관한 이야기였다.

"어쨌든 진상조사위원회에서 발표한 부정은 없었다고 생각하시는 거군요."

"관례적인 위반은 있었을지도 모르죠, 하지만 그런 것도 없어야 합니다."

편한 이야기도 가벼운 자리도 아니어서 서로가 조심스럽게 말을 이어갔지만, 나는 그가 고마웠다. 박영재의 반대편 이야기를 들어보고 싶어서 당시의 상황을 잘 알만한 사람들에게 연락을 해보았으나 모두 만남을 거절했기 때문이다.

"그분의 일은 뭐라 말할 수 없이 슬픈 일이지만 그때의 일은 저에게도 큰 상처였습니다. 그 일로 많은 사람이 당을 떠났어요."

진보정치의 미래는 없는 것 같다, 그래도 그렇게 생각하면 안 되는 거 아니냐, 반복될 것이다, 방법이 있지 않겠냐, 당원 수로만 판단하고 결정하는 게 민주주의일까, 양보했어야 했다, 누군가는 분당하고 탈당을 했지만 어떤 사람은 그런 마음을 가질 수도 없는 것 같다, 박영재 같은 사람들…… 물러설 곳도 돌아갈 곳도 없는 그런 계급.

조금 편안해진 분위기에서 마음에 담아둔 이야기를 나누다가 우리는 신림동 맛집이라는 식당으로 자리를 옮겨 함께 저녁을 먹었다. 메밀이 주재료인 음식은 그가 말한 대로 아주 특별한 맛이었다.

이야기를 더 해줄 수 있는 사람을 생각해보겠다는 말을 남기고 오토바이를 타고 멀어지는 뒷모습을 보며 나는 그가 다시 돌아갈 곳이 있기를 바랐다.

여름이 지나 벼가 익어갈 무렵, 추모사업회 사람들과 동행했던 충남 서산 박영재의 고향 마을에서는 어린 시절의 박영재와 그의 부모 형제를 기억하는 이장댁 노인을 우연히 만나, 모두가 살기 힘든 시절이었으나 그 집안은 특히 더 어려워 끼니를 때우기도 힘들었다거나, 그래서 해 질 무렵이면 그 집 어머니가 곡식을 꾸러 다녔다거나, 이장댁에서 마을 사람들에게서 쌀을 조금씩 걷어서 갖다주었다거나, 그래도 배를 자주 곯아 다섯 남매가 모두 비쩍 말라 볼 때마다 가여웠다거나, 그 집 아버지는 사람도 좋고 노래도 잘하고 그랬는데 몸이 아팠고, 셋째 영재는 몸놀림도 빠르고 영특하고 인사성도 밝아 동네 어른들이 귀여워했다거나 하는 오래전 그들의 이야기를 들을 수 있었다.

"그 형제들, 배에 살이 좀 붙었으까? 뱃구레가 푹 꺼져 있어 불쌍했는데……"

"둘짼가 셋짼가…… 영재…… 걔가 갔다던데……"

"왜 죽었는지 혹시 아시나요?"

"듣긴 들었는데 잊어버렸어."

"걔네들 이름을 우리가 지어줬어. 돌아가신 우리 영감이…… 영자 돌림으로다가……"

"그 집 엄마, 참 고생을 많이 하다 갔는데……"

"책을 쓰면 그 집 형편이 좀 나아질란가?"

이장댁 노인이 내 얼굴을 살피며 몇 번이나 물었다.

책 쓰면 그 집 형제들은 살 만해질지.

그들은 살기가 좀 좋아질지.

"잘 좀 써주셔. 이제라도 그 집 형제들 잘 살게……"

어머니가 쌀을 꾸러 나가고 그 집 형제들이 배를 곯으며 살던 집은 박영재가 분신한 2년 뒤에 불에 타 집터만 남아 있었다. 이장댁 노인은 그 집 큰형이 낮잠을 자는 동안 모기향 불이 옮겨붙어 불이 났다고 했지만, 나는 어쩐지 그 일이 박영재의 죽음과 무관하지 않을 것만 같았다. 화재로 사라진 그들의 옛집이 아버지를 잃고 어린 소년의 몸으로 지켜냈던 박영재의 분신分身, 자신의 몸에 불을 붙인 그의 분신焚身처럼 느껴졌다.

"낮이었으니 사람이 살았지…… 하마터면 영재 개처럼……"

다시 찾아뵙겠다는 인사를 드리고 이장댁 마당 평상에서 일어서려는데, '듣긴 들었지만 잊어버렸다'던 영재의 죽음에 대해 노인이 혼잣말을 했다. 기억이 났던 것인지, 알고 있었으나 입에 올릴 수 없었던 것인지, 낯선 사람에게 그 일을 말할 수 없었던 것인지, 영재와 그의 가족에 대해 많은 것을 알고 있었던 고향 마을 노인도 죽음에 관해서는 말끝을 흐렸다.

그런 모습은 내가 만났거나, 만나려 했으나 만나지 못한 사람들도 대개 마찬가지였다.

누군가는 그의 이름을 부르기가 너무나 아프고 부끄럽다고 했고, 누군가는 그에 대해 어떤 말도 할 수 없다고 했다. 그의 가까운 동지들은 이야기를 시작하기도 전에 울먹였고, 눈물을 삼키느라 고개를 뒤로 젖히고 입을 꾹 다물고 말을 이어가지 못했다.

꼭 만나야 했고 만나고 싶었지만 만날 수 없는 사람들도 있었다. 박영재의 죽음에 큰 책임을 느끼고 있거나 그의 반대편에 있었던, 또는 양쪽 모두에 정치적 부담을 느끼는 사람들이었다.

책을 쓴다면 박영재를 죽게 한 10년 전 통합진보당 비례대표 경선부정 사건의 진실을 밝혀 억울한 죽음의 한을 풀어주어야 한다는 사람도 있었고, 그의 분신은 충격적이었고 당시 당의 모든 계파가 가슴 아파했지만, 한편으로는 거대한 명분 싸움에 한 사람이 희생된 것이 아닐까, 돌아가신 분께는 누가 되는 말이지만, 그분의 죽음이 또 다른 명분이 되어 끝내 당이 쪼개지는 것을 막지 못한 것이 아닐까 생각했다고 조심스럽게 말한 사람도 있었다.

"박영재 당원이 이제라도 해방되었으면 좋겠어요."

그는 죽어서도 해방되지 못한 영혼일 거라며 그렇게 말했던 사람은 노동자들의 건강을 살펴주며 선의의 의술을 펼치고 있는, 내가 진료를 받으러 갈 때마다 집필 준비가 잘 되고 있는지, 도와줄 것은 없는지 관심을 보이던 한의사였다.

그가 해방된다는 것은 어떤 의미인가.

무엇으로부터 해방되어야 한다는 말인가.

해방되어야 하는 것이 박영재의 영혼뿐일까.

아물지 않은 상처로, 눈물을 흘리며 애도할 수도 없는 닫힌 슬픔으로, 마주할 수 없는 불편으로, 부담으로, 외면으로, 오해로, 과제로 여전히 침묵하는 사람들이 해방되어야 하는 것은 아닐까.

박영재가 떠난 지 10년이 지났지만, 누구도 그때의 그에게서 자유로워 보이지 않았다.

삶의 어느 때보다 많은 사람을 만나며 두 계절을 지나오는 동안, 나는 10년 전 통합진보당 사건의 기록과 기사들을 더 부지런히 찾아 읽었고, 그 이전, 진보정당의 씨앗이었던 1997년 '국민승리21', 2000년에 창당된 민주노동당, 2012년 1월 진보의 통합에 이르기까지의 과정도 꼼꼼히 살펴보았다.

마석 민족민주열사 묘역도와 박영재가 묻힌 모란공원 열사들의 기록도 찾아보았다.

박영재를 쓰는 일은 어쩌면 한국 진보정당의 과거와 현재와 미래를 찾아가는 일이고, 그가 잠든 묘역 열사들의 삶과 죽음을 이해하는 일일지도 모른다고 생각했다.

우리는 어떤 시대를 건너온 것일까.

영혼의 세계가 있다면 어떤 모습일까.

우리에게 어떤 말을 건네고 싶을까.

전태일 평전과 문익환 평전, 박영재가 마지막으로 지니고 있었다는 책 『제종철 평전 - 어느 혁명가의 초상』을 구해 읽고 프랑스 혁명과 마리 앙투아네트에 관한 슈테판 츠바이크의 전기 소설 같은 책을 읽으며, 살아있는 사람이 죽은 이를 기억하고 떠나보내는 방식, 왜 그들에 대한 기록을 남겨야 하는지도 생각했다.

산 자는 죽은 자에게서, 죽은 자는 산 자에게서 해방되어야 하기 때문일까.

더 가까이 가기 위해서일까.

서로의 시대를 넘어 제3의 세계를 찾아가는 일일까.

해가 바뀌기 전 노작가의 장례식에 다녀온 날에는 그분의 소설 『난장이가 쏘아올린 작은 공』을 다시 읽으며, '키 1백17센티미터, 몸무게 32킬로그램'의 작고 힘없는 난장이 아버지와 그의 아들딸 영호, 영수, 영희 세 남매의 삶을 파괴한, 끝내 거대한 자본의 힘에 맞서 싸우며 죽어가게 했던 세상을 생각했고, 1970년대 문학작품의 인물인 난장이 아버지 '김불이'와 세 남매와 어머니의 자리에 박영재의 아버지 '박석동', 어머니 '차정예', 영남, 영해, 영재, 영석, 영구, 다섯 남매의 이름을 넣어도 이상할 것이 없는 한 가족을 생각했다.

소설 속 난장이 가족과 현실의 전태일 가족이 고된 노동과 가난에 몸부림치던 그 시절에 박영재의 가족도 그들과 같은 삶을 살았던 이웃이었다. 힘없는 사람들을 무시하고 핍박하는 불

공평한 세계와 대립하며 난장이의 아들이 죽어가고, 노동자를 기계부품처럼 착취하는 숨막히는 개발독재 시대의 청년 전태일이 근로기준법을 껴안고 몸을 불사를 때, 어린아이였고 소년이었던 박영재는 난장이 아들딸이 살았던 어두운 시대를 지나 노동자 전태일을 만났고 전태일처럼 살고 싶었고 전태일처럼 목숨을 버렸다.

계절에 한 번씩은 마석 모란공원 민족민주열사묘역에 다녀왔다.

박영재 10주기 추모제가 있던 유월 초여름 토요일은 그의 묘지뿐 아니라 묘역을 찾은 사람들이 유난히 많아서, 죽은 이들의 영토가 살아있는 사람들의 축제 공간 같았다.

모란미술관 옆 도로를 걸어 올라가 민족민주열사 추모비 뒤쪽 박영재의 무덤이 있는 오솔길로 접어들려고 할 때, 타고 가던 자동차 창문을 열고 반색을 한 사람은 소년 노동자 문송면 추모비에 시를 쓴 시인이었고, 시인과 동행한 선생은 1969년 군사독재 시절, 중앙정보부에서 조작한 '유럽·일본 유학생 간첩단 조작사건'에 연루되어 옥고를 치른, 지금은 문화예술활동과 기층 활동가들을 지원하는 일을 하는 뜻있는 분이었다.

선생과 시인은 노동자들의 다큐를 찍던 김천석과 '숲속 홍길동' 이상현의 합동 추모제에 가는 길이었고, 지금도 카메라를 들고 현장을 지키는 활동가들에게 제작기금을 전달할 예정이라고 했다.

방향이 다르고 찾아가는 묘지도 달랐지만 우리는 같은 목적으로 같은 공간에 있었고, 그런 서로를 반겼다.

가을에는 추모사업회 그녀와 함께였다.

묘역의 가을 풍경과 박영재의 유품함을 보기 위해 내가 청한 길이었다.

그녀도 그렇다고 했듯, 그토록 고요한 모란공원에 선 것은 그때가 처음이었다. 열사묘역을 구석구석 돌아본 것도 처음이었다. 우리 둘 말고는 아무도 없었다.

사람의 소리가 들리지 않는 곳에서는 모든 존재가 숨을 쉬고 있는 것 같았다.

무리 지어 화르르 날아오르는 작고 흰 나비 떼와 나무를 건너다니는 새들의 날개 품에 모인 바람, 곤충의 껍질, 이름 모를 버섯, 꽃과 고목, 발아래 밟히는 잔디와 풀들……

그리고 영혼들도.

"숨소리가 들리는 것 같아요."

내 말에 그녀가 묘지에서 들려오는 소리에 귀를 기울였다.

"누군가 우리를 보고 있는 것 같아요."

"영재 형인가?"

박영재의 무덤 앞 유품함을 열 때도, 너무 낯익어 불쑥 모습을 드러낼 것만 같은 열사들의 사진과 동상 앞을 지나면서도, 그녀와 나는 자주 주위를 두리번거렸다.

해가 바뀌고 1월에는 늦봄 문익환 목사님의 29주기 추도식과 박종철 열사 36주기 추모제가 있었다.

여의도 국회의사당역 5번 출구 앞 유가협 천막농성장에 몇 번 찾아간 것이 인연이 되어 서울대생 박종철의 형님 박종부 선생과 열사들의 부모, 형제, 가족들을 만날 수 있었다.

"묘역에 가실 때 언제든 연락하세요. 안내해 드릴게요."

스물두 살 박종철이 살아있었다면 외꺼풀 갸름한 눈매도 굳게 다문 입술도 꼭 그 모습일 박종부 선생의 말을 떠올리며 연락을 드리려던 때가 마침 1987년에 남영동 대공분실 509호에서 한 대학생 청년이 물고문으로 사망한 날, 박종철의 기일 1월 14일 즈음이었다.

유난히 눈이 많은 겨울이었지만 그날은 안개비가 부슬부슬 내리는 봄같이 따뜻한 날이었다. 처음으로 자동차를 운전해서 가는 길이 쉽지 않아 30분 전에 시작된 문 목사님의 추도식을 놓치고 합창 소리가 들려오는 곳으로 발길을 돌렸다.

'그날이 오면'

대학생 박종철이 가장 좋아했다는 노래, 그래서 작곡가 문승

현이 박종철 추모곡으로 헌정했다는 노래가 이소선 합창단의 목소리로 묘역에 울려 퍼졌다. 그늘진 서쪽은 겹겹이 내린 눈이 얼어붙어 여전히 차가운 겨울의 모습이었지만, 문익환 목사님의 추도식이 진행 중인 동쪽 묘역은 마른 잔디와 붉은 낙엽위로 빗물이 스며들어 곧 새싹이 돋아날 것만 같았다.

1월의 모란공원에는 눈과 비, 얼어붙은 땅과 녹아내리는 공기, 슬픔과 다짐의 노래가 섞여 있었다.

박종철 열사와 아버지 박정기 선생의 묘지 아래쪽 박영재의 무덤은 잠시 머무는 발길 하나 없이 적막하고 쓸쓸해 보였다.

그는 어떤 노래를 좋아했을까.

박영재 1주기 추모제를 준비하며 만들었다는 연분홍색 추모문집에서 그가 즐겨 부른 노래를 회상하는 글을 본 것 같았는데 기억이 나질 않았다.

나는 비탈 아래쪽을 내려다보며 그녀에게 메시지를 보냈다.

— 박영재 노동자가 좋아하는 노래가 있었나요? 기억하시나요?

곧바로 답장이 왔다.

민주노동당 당가.

비정규직 철폐가.

나는 이어폰을 꺼내 귀에 꽂고 음악 제공 사이트에서 두 노래를 찾아 들어보았다.

36년 전 군부독재 시절, 의로운 대학생과 시민들이 거리에서 어깨를 걸고 노래한 '드넓은 평화의 바다에 정의의 물결 넘치는 꿈'이 2000년 21세기와 함께 탄생한 '새 세상을 꿈꾸는 자만이 새 세상의 주인이 된다'는 진보정당의 노래, '사람이 사람답게 사는 세상 꼭 찾아오리라'는 비정규직 노동자의 노래와 섞여 안과 밖에서 새로운 화음을 만들어 냈다.

박종철과 같은 시대를 보낸 사람들이 36년을 지나오며 만든 화음이고 꿈이었을 것이다.

박영재와 같은 노동자가 함께 만들어 온, 어떤 고난과 좌절의 순간에는 죽음으로라도 지키고 싶었던 꿈이었을 것이다.

"제가 1학년 신입생 때 박종철 선배를 따라서 가두 투쟁을 나간 적이 있어요. 그런데 나가자마자 경찰이 쏘는 최루탄에 몇 분도 버티지 못하고 흩어졌죠. 제가 박종철 열사에게 물었어요. 시민들에게 우리의 뜻을 전할 틈도 없었다, 이런 투쟁이 무슨 의미가 있나. 그때 종철 형이 이렇게 말했어요. 저들의 물리력은 너무나 강고하고 거대하지만, 우리가 그 속에서 해야 할 일은 내가 선 자리에서 물러서지 않는 것이다. 그런 얘기를 저한테 했습니다. 박종철 열사를 고문했던 경관들의 조서를 보면 509호에 끌려갔던 박종철 열사는 굉장히 담담했다고 합니다. 그 시절의 한 젊은이를 기억해 주시고…… 우리에게 준 민주화라는 선물을…… 마음 속에…… 함께 손잡고……"

"한열이 누나 오늘 또 우시겠네."

사회를 본 박종철 열사의 후배와 형 박종부 선생의 발언을 끝으로 추모식이 끝났고, 국가폭력에 가족을, 형제를, 친구를 잃은 사람들은 '민족민주열사·희생자 추모단체 연대회의'에서 나눠준 검은 우산을 쓰고 눈이 아직 녹지 않은 서쪽 응달길 하얀 무덤 사이를 휘청이며 내려왔다.

나는 그들보다 먼저 아래쪽으로 내려갔다.

박영재의 책을 쓰기 위해 지난 두 계절, 그리고 겨울에 만났던 사람들, 그가 성장했던 고향 집, 동시대를 지나왔으나 더욱 힘겹게 살아낸 그의 가족, 가을에 와서 가져갔던 유품들과 묘역에서 만난 열사들의 이름을 떠올리며 그의 무덤 앞에 서 있을 때, 내려오던 걸음을 멈추고 코트 주머니에서 귤 하나와 명함을 꺼내 내미는 사람이 있었다.

전태삼.

명함에 새겨진 이름이었다.

유령이라도 만난 듯 놀라 고개를 들었을 땐 추모비 아래로 내려가는 키 작은 남자의 뒷모습만 보였다.

나는 전태일 열사의 동생 전태삼 선생이 건네준 귤 한 알을 무덤 앞에 놓고, 이제부터 써야 할 이야기를 생각했다.

그가 남긴 이력서 만 39년의 행간과 아직 쓰이지 않은 그 후 5년의 자취를 채우고 마지막 선택의 의미를 알아가는 일.

이 묘역에 새겨진 이름들, 어딘가에 존재할 것만 같은 영혼들, 묘지를 찾는 사람들, 우리가 서 있는 이곳, 나아갈 세상을……

들어줄 사람이 필요했던 일

2022년 겨울 첫눈이 내린 무렵에 나는 박영재의 막냇동생 박영구를 만났다. 태풍과 폭우가 지나간 늦은 여름에 추모사업회 사람들과 함께 만난 후 두 번째 만남이었다.

박영재의 고향 서산에 간 날에는 박영석이 동행해주었다. 박영석은 10년 전 박영재가 유서를 쓰러 나간 새벽에도, 옥탑방을 떠난 마지막 날에도 형 박영재와 함께 있었고, 박영재가 유일하게 유서를 남긴 동생이었다.

"새벽에 영재 형이 나가는 걸 보았나요?"

내가 물었을 때, 형은 새벽이든 밤이든 낮이든 틈만 나면 당사로 나갔기 때문에 그날도 할 일이 있으려니 생각했다고 영석이 대답했다.

영석은 형과 지내던 수원 오목천동 옥탑방을 떠나 24시간 교대근무 일을 하며 홀로 살아가고 있었다.

"형은 어떤 사람이었나요?"

"좋은 사람이었죠."

서산으로 가는 자동차 뒷자리에 나란히 앉아 내가 무슨 말인가를 물어보면 영석은 아주 짧게 대답하거나 무표정한 얼굴로 말없이 차창 밖을 내다보았다. 영석과 영구와 사진으로만 본 박영재는 소년의 몸처럼 마르고 연약해 보였고 서로가 닮아 있었다.

나는 그들 형제의 모습에서 한 번도 만난 적이 없는 사진 속 박영재를 떠올렸다.

촛불을 들고 있는 박영재.

훗날 내란음모 사건의 프락치 활동을 하게 되는 사람의 국회의원 선거를 위해 양복을 입고 민주노동당 후보 기호 4번, 손가락 네 개를 펴들고 웃는 박영재.

군중의 맨 앞에서 깃발을 들고 있는 박영재.

지나가는 시민에게 몸을 숙이고 유인물을 건네주며 비정규직 노동자들의 투쟁에 연대하는, 동지들과 어깨를 걸고 노래하는, 공부하는, 이동 노동상담소 트럭을 운전하는, 피켓을 들고 일인 시위를 하는, 작업복을 입고 머리띠를 묶고 팔을 치켜든,

주황색 민주노동당 셔츠와 하늘색 통일선봉대 티셔츠를 입고 있는, 풍선을 들고 아이처럼 눈웃음 짓는, 아들과 딸의 어깨를 감싸고 행복하게 웃는, 통합진보당 중앙위 대표들이 있는 단상 위로 뛰쳐 올라간, 대방동 중앙당사 앞 인도에서 불붙은 몸으로 두 주먹을 꼭 쥐고 서 있는, 핏물 든 붕대를 온몸에 감고 한강성심병원 병상에 누워 있는, 세상을 떠나가는 길, 영정 안의 박영재……

사진 속 박영재는 수줍고 겸손한 자세를 가진 사람이었고, 웃는 얼굴이 더없이 선량하고 빛나는 사람이었다.

가는 길 험난해도 웃으며 함께 가자!

행복했습니다. 동지들과 함께 투쟁하고 학습하고 실천했던 나날들이 말입니다.

동지들에게 보낸 유서의 첫 단락이었다.

2012년 5월 12일 일산 킨텍스에서 통합진보당 중앙위원회가 개최된 날과 이틀 뒤 당사 앞에서 자신의 몸을 불태우기 이전의 그는 정말 행복한 사람의 모습이었다.

그가 세상을 떠난 6월 22일에 결혼식을 올려 가장 행복해야 할 날이 가장 슬프고 아픈 날이 되어버렸지만, 자신에게 '영재

씨'는 '미소 띤' 모습으로 남아 있다고 그의 동지가 말했다.

얼굴을 긁적이며 해맑게 웃던 소년 같은 미소.

간간이 그의 방을 찾아가면 책을 읽다가 맞아주는 반가운 미소.

선거 때 유세단과 함께 뻣뻣한 몸짓으로 춤을 추며 수줍게 짓던 미소와 버스노동자들이 민주노동당 당사로 찾아왔을 때 보여준 환한 미소와 당원들과 함께 한 행사에서 커다랗게 웃던 웃음소리.

그리고 분신을 결심하고도 단아한 미소를 보여 준 마지막 식사.

그는 그런 미소로 동지들을 대하고 노동자들을 만나고 시민들을 찾아갔다고 했다.

그러나 마지막 식사자리에서만은 그렇게 미소 짓지 않았더라면, 두렵고 고통스러웠을 마음을 조금이라도 내보였다면, 그래서 그 결심을 알아채고 그날의 일을 막을 수 있었다면……

그의 동지가 그에게 전하지 못한 말이었다.

처음 박영재의 동생 박영구를 만나러 가던 늦은 여름날, 추모사업회 동지는 길가에 차를 세우고 마트로 달려가서 쌀 두 포대를 짊어지고 나왔다.

"밥 맛있게 지어 먹으라고……"

가을에 만난 원로 선생이 "안 동지는 알랭 들롱보다 더 잘 생겼고, 누구보다 훌륭하지……"라고 했던 추모사업회 동지는 10년 만에 만날 영재의 동생 영구에게 주려고 쌀을 샀다.

안 동지에 대한 각별한 마음을 보이던 선생은 1960년 4월 19일 오후 2시경 경무대 앞에서 시위대를 향해 쏜 경찰의 총탄에 중학생 소년이 쓰러지자 소년을 안고 달린 검은 교복에 안경을 쓴 청년, 그 장면이 외신기자의 카메라에 잡혀 대한민국 제1공화국의 독재와 폭압이 전 세계에 알려지게 된 62년 전 흑백사진 속 서울대학교 법학과 3학년 조영건이었다.

조영건 선생은 대학에서 연구와 강의를 하고 '사월혁명 연구소' 소장 등 사회참여활동을 하다가, 1998년 국민승리21 권영길 선생, 민주노총, 전농 위원장 등이 참여한 진보정당 창당 10인 위원회의 한 사람으로, 민주노동당 고문으로, 오래전부터 진보정치 운동에 뜻을 함께했다. 지금은 '구속노동자 후원회' 일을 하며 '평생 대학교수로 살아오는 동안 노동자들에게 진 빚'을 갚고 있다고 어느 인터뷰에서 말했다.

2012년 당시 통합진보당 진보정치연구원 이사장이었던 선생은 박영재가 분신한 그날도 대방동 중앙당사가 있는 건물 10층 이사장실에 있다가 퇴근을 했다는 뜻밖의 이야기를 해주었다. 그리고 선생의 삶을 바꾼 청년 시절의 4.19 정신은 무엇이었는지, 그것은 박영재가 추구했던 정신과 어떻게 같은지, 1970년대 전태일과 2000년대 노동자 박영재는 무엇이 같고 무엇이 다른지 등에 대한 긴 이야기도 들려주셨다.

"저기가 내가 다니던 곳인데……"

쌀을 싣고 박영구를 만나러 가던 길에서 알랭 들롱보다 더 잘생긴 안 동지가 도로 건너편에 보이는 공장으로 눈길을 주었다.

"그게 언제쯤이었나요?"

"감옥에서 나와 학교로 돌아가지 않았어요. 나도 노동자로 살아갈 수 있는지 확인하고 싶었거든요."

스물몇 살 대학생이었던 청년이 노동자가 되어 예순을 바라보는 지금까지 그 삶을 떠나지 않은 사람. 진보정당, 진보정치의 앞길에서 활동하고, 상처받고, 또다시 노동자의 곁으로 돌아간 사람.

지난 몇 달간 만나본 추모사업회의 '안 동지'는 웃음도 많았지만, 눈물도 많은 사람이었다.

영재의 이야기, 영재가 죽고 난 그때의 이야기를 할 때마다 하던 말을 멈추고 고개를 뒤로 젖히던 모습, 흘러내리는 눈물을 손바닥으로 훔치던 어떤 밤을 나는 기억하고 있고, 그런 그가 어느 순간부터 조금은 편안한 얼굴로 영재의 이야기를 하고 있다는 것을 알아채게 되었다.

말이 필요한 일이었을까.

그들의 말을 들어줄 곳이 필요했던 걸까.

그것이 박영재의 책이 쓰여야 하는 이유일까.

또 다른 이유가 있을까.

"저희 아버지는 사당패였어요."

박영재의 동생 박영구가 말했다.

"사당패였다고요?"

"옛날에 그런 거 있었잖아요. 여기저기 떠돌아다니며 장구도 치고 꽹과리도 치고……"

"어머니는요?"

"어머니는 좀 아팠대요. 정신적으로……"

"형제는 셋뿐인가요?"

"영재 형 위로 누나랑 큰형이 있었어요."

"지금은 어디에 계신가요?"

"누나는 죽었어요."

"큰형은요?"

"큰형은 많이 아파요. 영재 형이 그렇게 된 뒤에 더……"

"영재 형은 어떤 사람이었나요?"
"형이었죠. 그냥 형. 큰형 같은 형."
"집은 왜 그렇게 되었나요?"
"불이 났어요. 영재 형 죽고 나서."
"영재 형도 집도……"
"터가 나빴어요. 그 터가……"
"무슨 말인가요?"
"집터가 나빠서 그런 일들이……"

태풍과 함께 여름이 지나가던 날, 그리고 눈이 내린 겨울날 다시 만난 박영재의 막냇동생 박영구는 조용한 목소리로, 느린 속도로, 그들의 가족사와 형 박영재와 형에 대한 자신의 마음을 안 동지와 나에게 들려주었다.

난장이 가족과 남매들

박영재의 아버지 박석동 씨는 젊은 시절, 사당패를 따라다니는 풍물놀이단 치배였다. 어머니 차정예 씨는 충남 서산시 석남리, 차씨 친지들이 모여 사는 시골 마을에서 나고 자랐고, 어린 시절에 크게 놀란 일로 마음이 아픈 분이었다.

두 분은 어떻게 만났을까.

사당패 아버지가 고향 예산을 떠나 서산 읍내동 부춘산 아래 장터에 든 날, 마음이 아픈 어머니는 붉은 열매가 익어가는 초여름 산뽕나무 산길을 거닐고 있었을까.

젊은 아버지가 꽹과리를 치고 하얀 상모 깃털을 돌리며 새처럼 바람처럼 날아오를 때, 풍물 소리를 따라 장터 사람들 속으로 스며든 어머니의 가녀린 모습이 빛나는 꽹과리 놋쇠에 담긴 것일까.

스물아홉 살 박석동 씨와 스물한 살 차정예 씨는 석남리 언덕 아래 한 칸 초가집에서 첫째 아들 영남과 딸 영해와 영재와 영석과 영구를 낳았고, 그 사이 어머니의 마음의 병은 차츰 나아갔다.

아버지가 사당패 생활을 접고 어머니와 함께 남의 집 농사일에 품을 팔아 다섯 남매를 키웠지만, 두 사람의 품팔이 노동으로는 아이들을 제대로 먹이지 못했고 제때 학교에 보내지 못했다. 초가삼간 좁은 방에서 커가는 다섯 아이의 무릎을 펴주지도 못했다.

큰아들 영남은 초등학교를 마치기도 전에 서울 외삼촌 집으로 보내져 신문 배달을 시작했다.

외동딸 영해는 열두 살에 서울로 식모살이를 떠났다.

영재 아홉 살, 영석 일곱 살, 막내 영구 네 살.

형과 누나가 어디로 간 것인지 알 수 없는 나이였던 어린 영재는 읍내 부춘초등학교까지 한 시간 남짓한 거리를 걸어서 학교에 다니며 큰형과 누나와 일 나간 부모 대신 두 동생을 돌봤다. 영석에게는 학교에서 배운 글자와 숫자를 가르쳐주었고, 어머니 아버지가 돌아오기 전에 네 살 영구의 흙 묻은 작은 손발을 씻겨주었다.

농사지을 땅 한 조각 없는 힘없고 가난한 가장이었으나 사당패 풍물놀이단에서 뼈가 굵은 아버지는 세시 놀이나 모내기 논매기 철 마을 대동굿 행사가 있을 때마다 아랫동네 어른들에게 맨 처음 불려 나갔다.

아버지는 꽹과리를 들고 소리 가락을 펼치며 들 가운데로 성큼성큼 나아갔다. 농부들의 마음과 몸짓을 하나로 모아 마을과 들판과 하늘과 땅의 액운을 몰아내는 아버지.

힘든 농사일과 가난하고 고된 생활에서 잠시 벗어나 춤추고 노래하는 사람들.

풍작과 평화의 기원을 짊어진 아버지와 마을 사람들.

그날만큼은 아버지도 마을 사람들도 대지의 신 같았고, 땅의 주인 같았다.

그 모습이 어린 아들들과 딸의 마음에 담겼다.

딸 영해는 특히나 그런 아버지를 사랑했고, 셋째 영재는 노랫소리와 장구 가락을 흉내내며 언젠가 아버지처럼 꽹과리 상쇠로 들판을 뛰놀고 싶었다.

저의 인생에서 마지막 눈물은 내 조국 대추리 철조망 아래서가 좋아서요.

시간은 없습니다. 나는 가야 합니다

참된 벗들 노동자 형제를 사랑합니다.

35년 뒤 영등포에서 택시를 타고 대방동 당사로 가는 마지막 길 위에서 박영재는 빼앗긴 대추리 들판을 떠올리며 오랜 친구에게 문자메시지를 예약 발송한다. 2006년 봄, 막 민주노동당의 당원이 되어 새 세상을 꿈꾸기 시작할 무렵, 그는 동지들과 함께 미군 부대 철조망 아래 갇힌 평택 대추리 논길을 걸어 들어갔을 것이다. 대대로 그 터를 개척하고 일구어 온 농민들과 시민들이 외국 군대에 민중의 땅을 바치는 국가에 맞서 꽹과리와 장구와 북과 징과 대나무 봉을 치켜들고 온몸으로 '액운'을 막아내고자 했던 그해 봄, 조국 군인의 군홧발에 들판이 짓밟히고 마을과 학교가 무너져내리던 그때, 박영재는 풍작과 평화의 기원을 풍물에 담아내던 아버지와 마을 사람들을 떠올렸을

지도 모른다. 그 모습을 마음에 담고 자란 누나와 형제들을 떠올렸을지도 모른다. 자신의 노동으로 지켜온 것을 빼앗기지 않고, 대동大同의 세상에서 살아가기 위해서는 무엇이 필요할지 생각했을지도 모른다.

"부탁이 있습니다. 자주 민주 통일 조국을 만들어 주십시오."

그는 유서에 그렇게 썼다.

누나 영해가 식모살이를 떠나고 영재 열 살, 아래 동생 영석이 부춘초등학교에 입학했던 그해, 지금은 불타 없어져 집터만 남았지만, 외가에서 그들 가족을 위해 내어준 작은 땅에 아버지가 집을 지었다.

학교가 끝나면 영재와 영석은 집으로 가는 길을 숨을 참으며 달렸다. 학교에서 배부르게 마시고 나온 수돗물에 배가 아프고 옆구리가 아파도 쉬지 않고 뛰었다.

끝이 보이지 않는 드넓은 논과 뽕나무밭, 맵싸한 바람이 불어오는 마늘밭과 비린 닭똥 냄새가 피어오르는 양계장을 지나 집 앞 야트막한 소나무 산으로 오르면, 형제가 달려온 길과 마을이 한눈에 보인다.

이장 아저씨네 집, 슬레이트 지붕과 초가지붕들 사이로 솟은 마을에서 가장 큰 기와집 한 채, 작은 외할아버지네 일가가 모여 사는 동네, 큰형 친구들이 다니는 서산 중학교, 마을회관, 콩잎과 호박잎이 서해처럼 일렁이는 들판.

외가와 담장을 맞대고 있는 푸른 슬레이트 지붕.

아버지가 지은 집.

아버지는 영재의 걸음으로 다섯 걸음도 안 되는 작은 마당에 화단을 만들어 꽃을 심었고, 외가 쪽 담장 아래 감나무와 밤나무를 심었다. 방 두 칸 중 하나는 형제의 것이었다. 아버지는 형제의 방에 작은 앉은뱅이책상 하나를 만들어 놓아주었다. 공부 잘하는 셋째 영재의 책상이었다. 먼 곳으로 일하러 나간 날에는 노란 호박 사탕 한 봉지를 사 와서 어린 아들들에게 나눠주었다.

"형들에겐 두 개씩만 주고 저에게 사탕을 봉지째 다 줬어요."

그런 귀여움을 받았던 막내 영구에게 아버지가 지은 집은 가족의 슬픔이 시작된 곳이었다.

나는 박영구에게 그때의 사진이 남아 있는지 물었다.

아버지가 지었다는 집과 그 시절의 형제들.

그러나 사진들은 집이 불탈 때 함께 타버렸다고 했다.

"집터가 나빴나 봐요. 그랬던 것 같아요. 그게 아니라면 뭐겠어요."

박영재의 동생 박영구는 그들이 살던 '터'로 고향을 회상했다.

그런 이유라도 없다면 20세기 이 세계에서 자신의 몸을 다 내어놓고 팔아도 밥을 굶어야 하고 자식을 학교에 보내지 못하는 현실, 열두 살, 열세 살, 열여섯 살 아이들이 신문 배달부가 되고, 식모가 되고, 버스 차장이 되어야 하는 세상을 어떻게 이해할 수 있을까.

'살아온 터가 문제였다.'

'운명'이라는 것만큼이나 터무니없는 말로 들릴 수도 있겠으나, 어쩌면 그것이 진실일지도 모른다.

아버지 박석동 씨와 어머니 차정예 씨와 마을 사람들이 춤추고 노래하며 안녕과 풍요를 기원한 터, 그들의 땀과 노동으로 일구어진 터가 온전히 그들의 것인 적이 있었나.

그 땅에서 거둬들인 풍요가 그들의 것이었나.

왜 아직도 세상은 노동하는 사람과 노동의 결과를 소유하는 자가 다른가. 왜 세상은 일구는 사람들의 삶을 보호하지 않나. 민중이 부여한 권력은 왜 많은 것을 가진 사람들의 편인가. 국가는 왜 존재하는가.

그 터에 집을 지은 지 5년 뒤 아버지 박석동 씨는 병으로 세상을 떠났다. 마흔다섯 살, 박영재가 떠날 때와 같은 나이였다.

아버지가 죽고 나서 집으로 내려온 영해는 정신을 놓고 시름시름 앓기 시작했다. 어린 시절의 어머니가 어떤 일로 마음의 병을 앓았던 것처럼 영해 누나도 아버지가 돌아가신 충격 때문에 그랬을 거라고 박영구는 말했지만, 나는 열두 살 소녀가 열여덟 살이 될 때까지 겪었을 서울에서의 시간에 대해 생각했다. 스물두 살 전태일의 눈으로, 그의 죽음으로 알려진 70년대 어린 여공들의 삶과 다르지 않았을, 비슷한 시기에 학교에 다니고 대학에 진학하고 축제에 참여하고 간간이 고기를 먹던 어떤 사람들의 눈으로는 볼 수 없었던.

형들이 숨을 참으며 달려오던 집이 영구에게는 젊은 아버지를 죽게 하고 누나를 빼앗아간 '나쁜 터'였다.

그러나 긴 이야기를 나누고 돌아갈 때 박영구는 말했다.

"그래도 책은 잘 써주세요. 우리 형 얘기 잘 해주세요……"

영해는 식모살이 6년 만에 집으로 돌아와 여자 사촌들이 있는 이모네 집에서 지내다가 어느 날 변소에 빠지는 사고로 숨졌고, 큰형은 어딘지 모르게 떠돌며 살았다.

누나 영해가 죽고 나서 아버지가 지은 그들의 집에는 어머니 차정에 씨와 열여섯, 열넷, 열한 살 세 형제만 남겨졌다.

열여섯 살 영재는 다음해 고등학교에 가지 못했다.

나, 박영재 알아요.

박영재의 흔적을 찾아가는 길에서 나는 자주 소나무를 보았다. 서산 집터 맞은편 언덕 위에서, 그가 마지막으로 다닌 서산중학교에서, 그의 무덤 앞에서.

추모사업회 그녀는 마석 모란공원 박영재의 무덤 위로 쭉 뻗은 소나무 두 그루를 올려다보며 어느 해 무덤의 잔디가 불에 탄 것처럼 바싹 말라 죽어 있었는데, 묘역 관리인은 소나무 송진이 떨어져서 그럴지도 모른다고 했지만, 영재 형이 제일 좋아하는 나무가 무덤의 풀을 죽게 할 리는 없다고 말했다. 동지들이 감옥에 가고, 노동자 박영재가 목숨을 버리며 지키고 싶었던 진보정당이 정부에 의해 해산당한 다음 해였다. 오랜 시간 진보 운동을 함께해 온 동지들에게 '내란음모'라는 혐의를 씌우는 데 앞장선 프락치는 박영재와 함께 활동하고, 박영재의 장례식에 참가하고, 1주기 추모식이 끝난 후 그가 죽음으로 남긴 진보 집권의 열망을 잊지 않겠다고 다짐한 사람이었다. 2012년 4월 11일 19대 총선 승리 후 수원 송죽동 만석공원 노송 지대 소나무 길을 나란히 걸으며 함께 기쁨을 나눈 사람이기도 했다.

지금은 깎아낸 산자락에 빌라 한 채가 들어서 있지만, 오래

전 낮은 소나무 산이었던 석남리 언덕에는 노송 몇 그루가 살아남아 그들의 집이 있던 땅을 내려다보고 있었고, 서산중학교 교문과 화단과 운동장 주변에는 굵은 가지를 위로 옆으로 뻗어 올린 소나무들이 푸른 솔잎을 무성히 피우고 있었다.

"안녕하세요?"

"누구세요?"

"무슨 일로 오셨어요?"

서산중학교에 들어설 때, 교문 앞에 모여 있던 소년들이 장난스럽게 말을 걸었다. 수업이 끝난 시간인 듯 여기저기서 교복을 입은 소년들이 몰려나오고 있었고, 초록으로 눈부신 인조 잔디 운동장에서 축구를 하는 소년들의 모습도 보였다.

"이 학교를 졸업한 선배님이 있는데, 그분 책을 쓰려고 구경 왔어요."

내 말에 소년들은 눈을 동그랗게 뜨고 그 사람이 누구냐고 물었다.

누구라고 할까, 그의 어린 후배들에게.

"박영재라는 분이에요. 훌륭한……"

이장댁 노인처럼 나도 말끝을 흐리며 휴대폰 카메라에 그가 다녔던 학교의 모습을 담았다. 운동장도 본관 건물도 새로 지어진 것이지만 그가 보낸 시간의 흔적을 찾을 수는 있었다.

본교 제6회 동문 증.

1982. 3. 12.

교문 붉은 벽돌 기둥에 박힌 푯돌에 새겨진 숫자.

열다섯 살 중학교 2학년 소년 박영재가 보낸 시간이었다.

"박영재? 나 박영재 알아요. 학교에서 말해줬는데……"

한 소년이 내 앞으로 다가왔다.

열다섯 살쯤 될까?

그도 저런 맑은 소년이었겠지.

그럴 리가 없지만, 그 순간 나는 소년이 진짜 그를 알지도 모른다고 생각했다.

"정말? 정말이에요? 진짜 박영재를 알아요?"

정말이라면 학교에서는 뭐라고 말해줬을까.

이 학교를 마지막으로 소년 노동자가 된 사람, 서른여덟 살에야 진보정당을 만나 자신의 운명을 스스로 바꿔나가는 당당한 노동자가 되었다고 했던 사람, 한 사람의 힘없는 노동자에서 비정규직 노동자 전체를 위해 살게 된 사람, 노동자 민중이 직접 정치에 참여하여 집권해야만 평등하고 평화로운 세상이 온다고 믿었던 사람, 진보세력 간의 연대와 통합으로 막 꽃피우기 시작한 21세기 진보정치의 앞날이 또다시 불신과 분열로 파괴되어 갈 때 목숨을 버려 지키려던 사람, 그리하여 그는 자랑스러운 동문이고, 그의 삶과 죽음은 한국 진보정치사에 기록될 거라고, 누군가 그렇게 말해줄 수 있을까.

나는 그런 상상을 하며 소년에게 물었다.

"어떤 선배라고 들었나요?"

"공부를 되게 잘했다고……"

"맞아요, 공부도 잘 했어요. 그리고 또?"

소년이 짓궂은 장난을 하는 거라고 나는 생각했지만, 계속해서 소년이 알고 있다는 박영재에 관해 물었다.

"겁나 좋은 대학교에 갔다고……"

다른 박영재가 있었던 것일까. 공부를 잘 해서 좋은 대학교에도 가고, 어디선가 선한 시민으로 살아가고 있을.

"작가예요?"

"이름이 뭐예요?"

"진짜 책 써요?"

"저는 2학년 2반이에요."

"책 쓰면 다시 찾아올게요."

나는 소년들의 호기심 어린 표정과 질문에서 멀어져 새로 지어진 본관 뒤편 낡고 오래된 건물 복도에 서서 유리창에 비친 소나무 그림자를 보았다.

40년 전 어린 소년의 눈동자에 곧고 푸른 모습으로 담겼을 그 소나무는 그가 태어나 가난하게 자란 서산을 상징하는 나무이고, 짧은 학창시절을 끝낸 서산중학교의 교목이고, 학교에서 집으로 뛰어가던 길, 낮은 소나무 산에 올라 푸른 슬레이트 지붕을 얹은 집을 바라보며 기대 서 있던 나무이고, 그의 무덤을 내려다보고 있는 두 그루의 단단한 나무이고, 동지들과 당에 참혹한 시련을 안겨준 사람과 함께 걷던 어느 봄밤의 나무였다.

영재 형 몸에서 기름 냄새가 났어요

아버지와 누나 영해가 떠나고 남겨진 식구의 생계를 잇기 위해 어머니가 식당 일을 시작하면서, 집안의 모든 일은 영재의 몫이 되었다. 읍내 부춘초등학교를 졸업하고 집 근처 서산중학교에 다니던 열여섯 살 영재는 학교를 마치자마자 집으로 돌아가 동생들을 돌보며 지냈다. 아버지가 만들어 준 작은 앉은뱅이책상에서 중학생이 된 영석에게 한자를 가르쳐 주었고, 초등학생 막내 영구와 게임을 하며 놀아주었다. 게임에서 진 순서대로 집안일을 하는 법을 동생들에게 알려주며 밤늦게 돌아오는 어머니의 손을 덜어주었고, 해 질 무렵에 어린 영구가 엄마를 찾으면 손을 잡고 식당 앞으로 가서 창문으로 엄마가 일하는 모습을 보여주었다.

"빚쟁이들이 찾아오기 시작했어요."

박영구가 말했다.

"빚이 많았나요?"

"아버지가 집을 지을 때 빚을 졌나 봐요."

"그랬겠어요."

"터도 안 좋은 집에 빚까지……"

어머니 혼자 하는 식당 일로는 아버지가 남긴 빚을 갚을 수 없었다. 그 돈은 눈과 비와 차가운 바람을 막아주는 벽돌, 담장, 푸른 기왓장에, 따뜻한 밥과 잠자리를 주는 아궁이와 구들장에, 열매를 맺는 감나무와 밤나무에, 화단과 마루와 형제의 작은 방에 스며 있는 아버지의 흔적이었다.

열여섯 살 겨울에 영재는 고깃배를 탔다.

서산 대산항에서 젓새우잡이 배를 타고 바다에 나가 아버지 같은 선원들이 바닷바람을 맞으며 밧줄을 잡아당기고 어망을 끌어 올릴 때, 어린 영재는 잡부로 허드렛일을 하며 겨울방학 두 달을 보냈다.

집으로 돌아온 영재의 몸에서는 비린내가 진동했다. 살이 갈라지고 머리카락은 덥수룩하게 자라고 좌표 없이 파도에 떠밀려 다니며 뱃멀미 때문에 힘든 생활이었지만, 물고기와 매운탕을 원 없이 배부르게 먹을 수 있었고, 돈을 벌 수 있었다.

열여섯 살 영재는 고등학교 진학을 포기하고 아버지가 남긴 빚을 갚겠다고 결심한다.

이듬해 봄, 친구들이 근처 농업고등학교나 서령고등학교에 진학하고 더러는 다른 도시로 가서 직업학교에 입학할 때 영재는 서산 서령버스회사에 들어가 버스 차장이 되었다. 해안선을 따라 태안까지 가는 완행버스의 길고 복잡한 노선을 공책에 써서 외우고 차량정비를 배우며 조수로 차장으로 2년을 일해 마침내 빚을 다 갚아낸 둘째 형 박영재를 동생 박영석과 막내 박영구는 기억하고 있었다.

“버스 노선을 빼곡하게 적은 공책에 검은 기름때와 손자국이 묻어 있는 걸 봤어요.”

“일을 마치고 집에 올 때 잔돈을 가지고 다녔어요. 새벽에 첫차를 타야 하니까……”

막내 영구와 영석이가 말했다.

아버지의 빚을 다 갚은 열아홉 살 영재는 논산에 있는 농민교육원 자동차정비학과에 들어가 1년 과정을 수료했고, 자동차정비 노동자가 되었다. 최종학력 미달로 입대를 하지 않아도 되었으나 육군에 지원해 정비병과 운전병 조교로 군 생활도 마쳤다. 그는 군대에 다녀온 것을 자랑스러워했다.

기름때 기름 냄새를 묻히며 소년 시절을 보내야 했지만, 또래처럼 살아보고 싶었을까. 당당하게 살고 싶었을까. 인생에 대한 책임감과 자존감 때문이었을까. 그만큼 자신의 생을 사랑한 사람이었을까.

결혼을 하고 두 아이의 아버지가 된 서른네 살에 수원 수성고등학교 부설 방송통신고에 입학해 고등학교 과정을 마치고, 버스 기사로 하루 열일곱 시간 길고 고된 노동을 하면서도 방송통신대학교 법학과에 진학해 공부한 이력을 보면, 삶의 한순간도 적당히 눈감으며 살아가지 않으려는 사람이었을지도 모른다.

그러나 그가 자신만을 위해 악착같이 살았던 사람은 아니었다.

소년 박영재의 학창시절을 그려보며 아련하고 쓸쓸한 마음으로 서산중학교를 돌아본 후 추모사업회 동지들과 영석과 나는 번화가를 조금 벗어난 신시가지 쪽 식당으로 갔다. 그곳에 박영재와 몹시 닮은 큰외삼촌이 우리를 기다리고 있었다. 말수가 적고 신중한 분인 듯 보였고, 그래서인지 기대했던 것만큼 많은 말을 하지는 않았지만, 외삼촌의 마음에 선명하게 남아 있는 조카의 이야기를 들려주었다.

"영재에게 빚을 졌습니다."

눈웃음도, 얇고 수줍어 보이는 입술도 사진에서 본 박영재와 똑 닮은, 어쩌면 그분의 누이인 영재 어머니의 모습이었을지도 모르는 단아하고 겸손한 얼굴로 외삼촌이 말했다.

"영재가 제대한 직후였을 거예요."

교통사고로 두 달쯤 병원에 입원하게 되었을 때 조카 영재가 두 달을 꼬박 병상 옆에서 쪽잠을 자며 외삼촌을 간호했다는 것이었다.

"영재 덕분에 살았어요. 자기 부모의 일이었다 해도 그럴 수는 없을 거예요. 영재가 그런 애예요. 그뿐만이 아니에요."

입대 전, 외할아버지가 병석에 계실 때 몇 달 후 돌아가시기 전까지 외손자 영재가 할아버지의 병시중을 했다는 것인데, 이모들과 외삼촌, 사촌들이 석남리 외가 근처에 살고 있었지만 '제가 한다'고 선뜻 나선 것은 스무 살 영재뿐이었다고 했다.

"제가 하겠습니다."

누군가 나서기 어려운 힘든 일이 있을 때마다 박영재가 했다는 말.

'누가 시키지 않아도, 누가 보지 않아도, 알아주지 않아도 온 마음과 온 힘을 다해 실천에 옮기는 사람이었다'는 한결같은 증언.

'못하겠다'는 말을 들어본 적이 없다는 동지들의 기억.

그는 자신과 타인을 구별하지 않는 사람이었을까.

주변 사람들의 일까지 자신의 일부로 여기는 사람이었을까.

어쩌면 그것이 그가 쌓아 올린 '운명'이었을지도 모른다.

그러나 자기 몸 하나도 버거운 나이에 홀로 세상에 던져진 그가 아니었나.

1991년 스물네 살 박영재는 대산 현대석유화학 공사현장에서 건설노동자로 일하다가 다음해 수원으로 올라와 경수건설 덤프트럭 노동자로 5년, 수원 신원여객, 경진여객 버스노동자로 8년, 다시 덤프트럭 노동자로, 열여섯 살 소년 버스 차장에서 마흔다섯 살 건설노동자로 생을 마감하기 전날까지 '몸에서 기름 냄새가 나는' 노동자였다.

어른들이 꼭 좋은 세상을 만들어 줄게

아빠가 그렇게 된 지 한 달쯤 됐나?

어제가 엄마의 생일이었어. 근데 이제 엄마 생일마다 아빠의 제사를 챙겨 줘야 해. 내가 곁에서 아빠를 지켜줄 걸 그랬나 봐. 아빠가 덤프트럭 한다고 두세 시간만 잤던 거 알아서 더 미안하고, 돈도 잘 못 버는데 자꾸 돈 달라고 했던 것도 미안하고.

내가 왜 그랬을까.

아빠는 늘 같은 옷만 입었던 것 같은데…… 아빠 옷도 좀 사 줄 걸 그랬어.

아빠 그렇게 되고 기사가 많이 올라오던데 악플들이 많더라. 진짜 미운 입 가진 사람들이더라.

이제 못했던 거 다 하면서, 먹고 싶었던 것도 먹고, 사고 싶었던 것도 사고, 아빠 몸부터 걱정 좀 해. 다른 사람들은 아빠 다음으로 챙겨, 제발.

그래도 우리 아빠 인기쟁이네? 아빠 찾는 사람도 많고, 보고 싶다는 사람도 많고, 미안하다는 사람도 많아. 그래도 아빠가 그렇게 됐는데 악플 단 사람들은 정말 못 참겠더라. 미워할 거야.

아빠가 떠난 어제만 날씨가 어두워서 하느님이 아는 건가, 아니면 아빠가 슬픈 건가 생각했어. 탈진할 정도로 울면서 왔어. 오빠도.

비가 오는 날에는 아빠가 우는 걸로 생각할게. 지켜봐 줘. 꼭 지켜보고 힘들 때 도와줘.

-2012년 6월, 박영재의 딸 열네 살 미송

2012년 5월 12일, 윤덕은 통합진보당 중앙위원회가 열린 일산 킨텍스에서 '영재 삼촌'과 함께 있었다.

중앙위 회의가 길어지자 윤덕은 영재 삼촌을 따라 일산 시내로 나갔다. 사람들이 먹을 김밥과 만두를 사 가지고 돌아가는 길에서 영재 삼촌이 스물한 살 윤덕에게 말했다.

"윤덕아, 네가 더 컸을 때는 좋은 세상이 되어 있을 거야. 어른들이 꼭 좋은 세상을 만들어 줄게."

이틀 후 윤덕은 영재 삼촌이 분신했다는 소식을 들었다. 어른들이 꼭 좋은 세상을 만들어 준다는 그 말이 삼촌의 유언이 될지는 꿈에서도 생각하지 못한 일이었다.

그때 윤덕의 동생 영덕은 열여덟 살이었다.

삼촌은 왜 분신을 했던 걸까.

6년 뒤 스물네 살 대학생이 되어 엄마가 출마한 지방선거를 도우며 영덕은 영재 삼촌의 마음을 조금은 이해할 것 같았다. 2010년 지방선거에서 엄마가 58표 차이로 시의원에 낙선했을 때, 영재 삼촌이 표가 가장 적게 나온 오목천동으로 이사해 교회에 다니고 주민들을 만나러 다니며 당을 알렸다는 것을 알게 되었다. 영덕은 학교를 휴학하고 하루 3만 보 이상을 걸으며 영재 삼촌의 흔적을 좇아 선거운동을 했고, 그해 엄마는 진보정당의 시의원이 되었다.

10년 전 열네 살 소녀였던 아란에게 영재 삼촌은 친구 '미송'의 아빠였고, 엄마가 민주노동당 시의원 후보로 출마했을 때 선거본부장을 맡아주었던 친한 삼촌이었다.

영재 삼촌이 돌아가셨을 때 열네 살 아란은 '미송이는 어떡하지?' 하며, 삼촌보다 친구 미송이 걱정이 앞섰다.

7년 후 스물한 살 청년이 된 아란은 청소년 평화통일 단체 서포터즈 활동을 하며 삼촌들과 이모들에게 영재 삼촌과의 추억을 인터뷰한 글을 7주기 추모식에서 발표한다.

"2010년에 엄마가 시의원에 출마할 때 아무도 선거본부장을 하지 않으려 하자 영재 삼촌이 나선 거예요. 자신이 해야 할 일에는 너무나 충실했지만 이끄는 일에는 아직 서툴러서 삼촌이 무척 미안해했다고 해요. 그러다가 어느 날 영재 삼촌이 사라져 버려서 엄마랑 다툰 일도 있었대요. 그때 삼촌은 얼마나 힘들었을까. 엄마는 늘 잘하는 일만 하려다가도 그때의 삼촌을 떠올리며 용기를 내어 자신 없는 일도 맡을 수 있었다고 해요.

미숙이 이모는 영재 삼촌이 만든 큰 수제 피켓 이야기를 해주셨어요.

어느 날 삼촌이 사람 키만 한 피켓을 들고 나타나신 거예요.

'왜 저렇게 큰 피켓을 만든 거야? 들고 다니기도 불편하게.'

미숙이 이모는 피켓이 마음에 들지 않았대요. 하지만 이제 우리는 다 알아요. 서툰 솜씨지만 어떻게 하면 시민들에게 우리의 활동을 잘 알릴 수 있을까 고민하고 실천하던 삼촌 마음을요.

미영이 이모는 아직도 삼촌 이야기를 하면 가슴 아파해요. 삼촌이 분신하시던 날 점심을 먹고 헤어지며 했던 말을 잊을 수가 없대요.

휴가를 내고 잠깐 바람 쐬러 갔다 온다는 말.

평소 쉬는 걸 못 본 삼촌이라 '저 양반이 저런 말도 하네?' 하며 신기해 했는데, 그 '마지막 휴가'의 의미를 눈치채지 못해서, 영재 삼촌의 마음과 결심을 알아채지 못해서, 지금도 가슴이 아프다고요. 더구나 삼촌이 하늘나라로 떠난 날 미영이 이모가 결혼식을 올렸잖아요. 어린 저였지만 이모가 드레스를 입고 울던 모습이 아직도 생각나요.

미영이 이모는 2015년부터 요양보호사 일을 시작했는데, 일이 너무 힘들고 몸도 아파서 도망치고 싶을 때마다 영재 삼촌이 분신하기 전날 덤프트럭을 끌고 마지막 출근을 한 그 일요일을 떠올렸대요.

어린 저는 상상할 수도 없지만, 죽음을 결심하고도 삼촌은 어떻게 그럴 수 있었을까요.

삼촌을 생각하며 힘든 시간을 버텨낸 미영이 이모는 2016년에 요양보호사협회를 만들어 초대 회장이 되었어요. 정말 멋지지 않나요? 삼촌도 기쁘시죠?

하지만 제겐 풀리지 않은 질문이 남아 있어요.

왜 삼촌은 분신을 선택하게 되었을까.

죽지 않고 같이 활동하는 것이 더 좋은 선택이 아니었을까.

항상 진심으로 당을 위해 활동한 삼촌이었으니, 당시 분열된 당을 다시 하나로 만드는 최선의 선택이 그 길밖에 없다고 생각했던 걸까요?

어렸을 적 가난하고 불우했던 삶이 다른 사람에게, 그리고 아직 어린 우리에게 반복되지 않도록 좋은 사회를 만들어 주는 것이 삼촌의 꿈이라고 했어요. 그러나 삼촌의 그 꿈은 목숨을 바쳐야 지킬 수 있는 꿈이었던 걸까요?

저는 삼촌이 분신을 선택한 이유를 평생 알지 못할 수도 있습니다. 그래도 영재 삼촌이 이모와 삼촌들을, 진보정당을 아주 많이 사랑했다는 건 알게 되었어요. 그래서 열네 살이었던 제가 스물한 살이 되어 삼촌이 꿈꾸던 사회를 만들어가기 위해 이곳에 함께 섰어요."

"세상이 많이 좋아졌다고 이야기하지만, 저희 청년노동자의 삶은 여전히 1970년입니다. 2016년 구의역 건우가, 2017년 제주 특성화고 현장실습생 민호가, 그리고 2018년 태안화력발전소의 용균이가 일하다 죽었습니다. 건우와 민호와 용균이가 살았던 삶은 전태일이 살던 1970년대이고, 소년 박영재가 살던 1980년대입니다. 지하철에 치여 죽고 프레스 기계에 눌려 죽고 컨베이어벨트에 끼여 몸이 조각나고 부서져 죽는 세상, 처참한 죽음을 앞에 두고 '청년들은 우리의 미래'라고 말만 하는 세상, 21세기 대한민국 땅에서 아직도 '일하다 죽고 싶지 않다'고 말하는 비정상적인 세상을 목격하고 있습니다."

난초는 2016년 구의역 사고를 계기로 청년노동자 산재 사고 해결을 위한 연대활동, 상담과 교육 등을 진행하는 당사자들의 모임인 <청년전태일>에서 활동 중이다.

현장실습생 민호와 같은 죽음이 반복되지 않게 하려고 특성화고 졸업생들과 함께 '특성화고 권리연합회'와 '특성화고 졸업생노조'를 만들었다는 난초는 건우의 장례식장을 지키고, 건우가 죽어간 구의역을 지키고, 용균이 일하다 죽은 발전소에서 비정규직 노동자들과 연대하고 투쟁하며 이십 대 청춘의 삶을 살아가고 있다.

"도와줘서 고마워요. 우리 아이도 직장 갔다가 돌아왔어야 했는데……"

구의역 건우 엄마의 그 말을 난초는 잊을 수가 없다.

그런 난초에게 박영재는 '또 다른 전태일'이었다.

집안이 어려워 학교에도 가지 못하고 생계를 위해 열네 살, 열여섯 살에 노동 현장으로 뛰어든 전태일과 박영재. 노동자를 제 몸처럼 사랑하고 아낀 전태일과 박영재. 기계 같은 노동자의 현실을 세상에 알리고 인간다운 삶으로 바꾸기 위해 근로기준법을 껴안고 불 속에 뛰어든 전태일과 노동자와 약자의 삶을 바꾸기 위해 진보정치의 앞길에서 불꽃이 된 박영재는 같은 사람일지도 모른다고 난초는 말한다.

청년 진보당의 매연은 진보정당의 분열과 박영재의 죽음, 뒤이어 일어난 내란음모 사건의 한가운데에서 대학 생활을 시작했다. 매연은 통합진보당이 무슨 말인지도 몰랐지만, 학생회에 들어가 활동을 시작하고 학생회 선거에 나갈 때마다 '이석기 키즈'라는 조롱과 혐오와 배제로 더 이상 학생회 활동을 할 수 없을 것이라고 생각했다.

그러나 그 시간을 견디며 성장해 진보정당의 청년 당원이 되었고, 이제는 청년들의 불평등을 연구하고 정책을 만들며 새 시대의 주체가 되고 싶다.

반토막의 비애

“제가 시내버스 회사에 처음 입사해서 운행하였던 버스가 중형버스라는 것이었습니다. 사람들은 흔히 우리를 일컬어서 촉탁이라고도 하고 ‘반토막’이라고도 불렀습니다. 나중에 알았지만, 이러한 형태의 계약직 노동자를 비정규직이라고 합니다.

반토막이라는 것은 버스가 일반 버스보다 작았기 때문이었고, 임금도 정규직에 비해 절반도 못 미치는 것이었기 때문입니다.

이러한 임금을 받고 투병 중인 어머니와 아내와 아이 둘이 생활하기에는 너무 힘들었습니다. 쉬는 날에는 인력시장 막노동으로 아기 분윳값이라도 벌어야 했습니다.

버스 운전과 쉬는 날마다 해야 하는 막노동의 피로보다 나를 더욱 고통스럽게 하는 것은 반토막이라 불리는 것이었습니다. 이러한 차별 때문에 조롱하고 멸시하는 동료들을 미워하며 지내야 했고, 심지어 멱살을 잡고 싸움을 한 적도 있습니다. 이윤에 눈이 멀어 버스 기사야 죽든 말든 돈을 벌기 위해 수단과 방법을 가리지 않는 회사와 노동자의 권리를 팔아먹는 어용 노동조합이 있다는 것도 알게 되었습니다. 나의 아들과 딸에게는 이런 차별의 세상을, 불평등한 세상을 물려주고 싶지 않습니다.”

-박영재의 글 「반토막의 비애」 중

“형, 저 진호입니다.

제가 사무국장일 때 형이 처음으로 민주노동당에 찾아왔었죠. 형 스스로 당원 가입서를 썼습니다. 한미FTA, 이라크 파병, 대추리 투쟁 등으로 정신이 없을 때였어요. 형은 하루 일하고 하루 쉬는 버스 노동을 하면서도 쉬는 날에는 생수 배달을 하고, 틈틈이 생수를 실은 트럭을 몰고 와서 당 사무실의 무거운 짐을 날라주거나 힘든 일을 나서서 도와주었습니다.

형은 한미FTA는 꼭 막아야 한다고, 그러려고 민주노동당에 입당했다고 했어요. 버스 기사 동료들의 처우 문제를 가슴 아파하며 꼭 민주 버스노조를 만들고 싶다고도 하셨죠.

배운 게 없어서 공부해야 한다고, 공부해서 주위 사람들이 억울하게 피해 보는 일이 없도록 해야 한다고 한 손에는 늘 노동법 책을 끼고 다녔어요.

한미FTA를 막기 위해 민주노동당에 입당했다는 형은 2006년 굴욕적인 첫 협상 전후는 물론이고, 2011년 11월에 비준안이 국회 본회의를 통과한 이후부터는 더욱 적극적으로 실천에 나섰습니다. 2012년 진보세력의 연대와 통합으로 19대 총선을 치르는 동안에는 새벽부터 덤프트럭 건설노동자로 일하는 고단한 생활에도 퇴근 후에 키만 한 피켓을 만들어 들고 나가 40일 동안 하루도 빠짐없이 일인 시위를 했어요.

한미FTA 날치기 원천 무효.

수원 1호선 전철 성균관대역 전철역 앞에서 통합진보당 이름을 써넣은 피켓을 들고 지나가는 시민 한 분 한 분께 불평등한 한미 간 자유무역협정과 진보 집권의 필요를 이야기하던 형의 모습을 우리는 기억하고 있습니다.

그런 진심과 노력이 기득권 정치에 맞서 진보정치를 해보자고 합당한 동지들과 왜곡된 언론에 의해 부정당하고 모욕받을 때 형은 얼마나 마음이 아팠을까요.

싫은 소리도 못하고 거절도 못 하고 힘들고 어려운 일도 내색 없이 묵묵하게 해내던 형이라 가슴 속에 그토록 뜨거운 마음을 품고 있을 거라고는 생각하지 못했습니다.

형, 어서 일어나 주세요.

형에게서 받은 마음을 갚을 수 있는 시간을 주세요.

제발 살아서 수원 하늘을 진보의 빛깔로 물들이는 길에 함께 해 주세요."

-한강성심병원 「방명록」에서

예쁜 꽃집에서 나를 찾지 마라
온실 속의 따뜻한 보살핌의 호사는 없소
민중의 피와 땀도 모자라서
희망도 꿈꾸지 말라는 신자유주의의 그늘
농부의 깊은 시름 묻어나오는
한 맺힌 절망의 농토에서
노여움과 서러움의 뜨거운 피가 넘쳐서 흘러내리는
비정규직 노동자의 눈물 앞에서
매서운 겨울 한파 해고 복직 투쟁 천막에서
새파라니 삭발하는 노동자 앞에서
나는 그만 흘러내리는 눈물을 참지 못하였소
-박영재의 시 「세상 낮은 곳에서」

돌아보면 그들의 삶은

유난히 춥고 눈이 많이 내리던 겨울, 나는 박영재와 같은 삶을 살아가는 '반토막의 비애', 비정규직 노동자들을 만났다.

학교, 건설, 요양, 타워크레인……

노동조합과 진보정당에서 활동하는 사람들이었다.

책을 쓰는 것과 상관없이 나는 그들을 만나고 싶었고, 내가 모르는 그들의 세상을 보고 싶었다.

그러나 어떻게 상관이 없을 수가 있을까.

고백하자면, 박영재이든 박영재처럼 사는 이들이든 지금의 나의 시선으로는 그들의 삶을 다 이해할 수 없을 것 같았다.

'반토막의 비애들'은 자신의 삶과 노동, 노동조합과 진보정당 활동을 하게 된 과정을 겸손한 태도로 솔직하게 들려주었고, 한 사람의 이야기가 끝날 때마다 눈시울을 붉히며 박수를 쳐주기도 했다.

쉰아홉 살 영숙 씨는 인생 후반에 의미 있는 일을 하고 싶어서 요양보호사 자격증을 따고 십 년 넘게 돌봄 노동자로 살아가고 있다. 일찍 돌아가신 부모님과 나누지 못한 정을 돌봄이 필요한 어르신들께 쏟는 것이 좋았고, 자격을 갖추어야 할 수 있는 일이므로 전문인이라는 자부심도 있었다.

그러나 요양보호사는 인간 대접을 받지 못하는 사람들이더라고 영숙 씨가 말했다. 일상에서의 온갖 부당한 대우와 불안정한 처우는 말할 것도 없고, 다치고 아파도 병가나 산재처리를 제대로 받을 수도 없었다.

2016년 겨울, 우연히 지역 요양서비스 노동조합에서 준비한 버스를 타고 광화문 촛불 집회에 가게 된 영숙 씨는 그 무렵 전국적으로 요양보호사 노조가 생기고 있고, 노동조합 활동을 지원하고 도와주는 진보정당이 있다는 것을 알게 되었다.

사회서비스 노동자의 처우와 서비스의 질을 높이기 위해 정부가 설립한 공공기관인 사회서비스원 상용직으로 추천받아 근무하게 되면서, 영숙 씨는 노동조합을 만들고 간부로 활동하기 시작한다.

원 고용자인 경기도와 단체교섭을 하고 삭발과 노숙농성을 하며 근로조건을 개선해 나가던 그때 그녀 나이 쉰여섯이었지만, 자신의 힘으로 투쟁해서 무언가를 이루어내는 것이 즐겁고 재미있었다.

"국가고시만큼 어려운 그 일을 해내니까 조금 사람대접을 해주더라고요. 전국에서 우리 서비스원의 처우가 가장 좋아졌어요. 노동조합 활동을 하며 싸워서 만들어 낸 거예요. 그런데 우리만 좋으면 안 되잖아요. 다른 돌봄 노동자들도 좋아져야 하잖아요. 나는 공공기관인 사회서비스원에서 근무했기 때문에 노조 할 권리를 받은 거나 마찬가지예요. 민간 기관에서는 어림도 없었어요. 정당하게 받아야 하는 임금을 떼먹혀도, 부당한 괴롭힘을 당해도 말할 곳이 없었어요. 그냥 참아야 했어요.

우리가 청와대와 국회 앞에서, 보건복지부 앞에서, 경기도청으로 가서 싸울 때, 지금의 진보당이 많이 도와줬어요. 지지연

설도 해주고 커피도 갖다주고. 노동자로 안전하게 살아가기 위해서는 법과 제도가 바뀌어야 하는데 그걸 누가 하겠습니까. 일하는 우리가 해야죠. 우리와 함께하는 진보정당이랑 같이 해야죠. 국회의원도 만들고 법도 만들고……"

쉰아홉 살 요양보호사 영숙 씨는 명랑한 사람이었고, 누구보다 자신의 조직에 충실한 사람 같았다. 그렇게 하려고 노력하는 사람. 그렇게 살기 위해 노동자가 알아야 할 철학을 공부하고 '간부론'도 배웠다는 순수한 사람. 노동조합 활동을 하기 전에도 시민의 한 사람으로서 부끄럽지 않기 위해 광우병 집회나 미군 장갑차에 희생된 여중생 촛불 집회 등에 홀로 나가곤 했다는 그녀.

"조합에서 하기로 한 일은 꼭 해야죠."

"즐겁게 활동하고 싶어요."

하기로 했어도 회의하고 의심하고 변명하며 하지 않는 것이 다수인 세계에서, 그런 것을 오히려 개인의 자유라고 두둔하는 세계에서, 집단에 충실하게 사는 사람들을 마치 자유의지가 없는 허수아비처럼 여기고, 일치된 마음과 행동으로 나아가는 집단에 "공산당이냐?" 조롱도 하는 세계에서, 함께 하기로 한 것은 무조건 지켜야 한다는, 그래야 힘을 합쳐 좋은 세상을 만들 수 있으니 꾸준히 그렇게 살고 있다는 영숙 씨는 내가 모르는 세계였다.

아파트 건설현장 형틀 목수 노동자 재경 씨는 2016년 어느 저녁에 노동자 쉼터를 찾게 된다. 학교 비정규직 노동자로 일하는 아내가 동료를 통해 재경 씨에게 소개한 곳이었다.

그해 봄 주말, 쉼터에 모인 사람들이 서울에 간다고 해서 호기심에 따라가 본 곳은 옛 국가인권위원회 빌딩 앞이었다. 인권위 옥상 광고탑 위 지상에서 70미터 고공에 기아차 화성공장 사내 하청 노조 조합원 한규협, 최정명, 두 노동자가 있었다.

사내 하청 노동자들의 오랜 투쟁 끝에 현대 기아차의 비정규직은 불법 파견이며, 따라서 모든 비정규직 노동자를 정규직으로 전환해야 한다는 대법원판결을 받아냈지만 사측은 이행하지 않았고, 불법과 불이행에 대한 어떤 처벌도 받지 않았다.

두 노동자는 2015년 6월부터 광고탑을 내려와 경찰에 연행된 다음해 6월까지, 폭염과 비바람과 태풍과 눈보라를 맨몸으로 맞으며 363일간 고공에 있었다.

'저들은 왜 저기에 올라가 있을까.'

'개인의 이익만을 위해서는 아닐 텐데……'

빌딩 아래 서서 까마득히 높은 곳, 두 개의 점으로 보이는 노동자들을 올려다보는데 눈물이 막 쏟아지더라고 재경 씨가 말했다.

'저 마음은 도대체 뭘까……'

재경 씨는 동료들을 따라 매주 인권위 앞으로 가게 되었고, 그곳에서 학교 비정규직 노조 동료들과 함께 온 아내를 만나기도 했다.

"당신은 노동조합이 무엇인 줄 아나. 아무것도 모르고 하면 바보가 된다. 그냥 따라가는 것보다 뭘 좀 알고 하는 것이 낫지 않겠나."

아내가 학교 비정규직 노동조합에 관해 이야기했을 때 재경 씨는 노동조합과 관련된 책을 사서 일 년만 함께 공부하고 들어가는 게 어떻겠냐고 제안했다. 그러나 아내는 "바보가 되어도 좋다"며 3개월 만에 노조에 가입했다.

그랬던 재경 씨도 고공농성을 하는 노동자들을 보고 건설노조 활동을 시작했다.

궁금해서 책으로만 읽어본 것을 실천하며 재경 씨는 자신이 한 인간으로서 발전하고 있다는 느낌에 기뻤고, 살아왔던 날들을 넘어 새로운 인생을 살 수 있다는 것이 즐거웠다.

"나는 당신을 만났을 때가 내 인생에서 가장 재밌었고, 당신을 만났을때보다는 좀 덜하지만, 지금이 내 인생 최고로 재밌어."

노조 활동을 하면서 아내와 함께 진보정당에 가입해 '인생에서 최고로 재밌는' 시절을 보내고 있다는 재경 씨는, 전에는 전태일 열사의 이름 정도만 알고 있었는데 모란공원 열사들의 추모제에 참석하면서부터 몰랐던 이름, 몰랐던 삶을 알았고 부끄러움을 느꼈고 더 열심히 살아야겠다는 생각도 했다.

누구보다 성실하게 일해 모두가 자신과 같은 팀에서 일하고 싶다고 한다며 자랑하는 재경 씨.

노동자의 조직이 없다면 바뀔 수 없는 일, 이루어질 수 없는 일들을 현장에서 직접 목격하며 재경 씨도 영숙 씨처럼 지금의 삶이 재미있다고 했다.

'동지들과 함께 투쟁하고 학습하고 실천했던 나날들이 행복했다'는 박영재의 유서처럼 그들은 정말 인생 최고로 재밌고 즐거운 삶을 살아가고 있는 걸까.

그 또한 내가 모르는 세계였다.

"제가 어려서부터 의협심은 좀 있었던 것 같아요."

장난스럽게 말했지만, 그런 재경 씨였기에 아내가 노조에 가입하고 싶다고 했을 때 책을 사서 함께 공부하고, 처음 가 본 고공 농성장 아래서 눈물을 쏟았을 것이다.

서툴지만 누구를 만나 어떤 이야기를 해도 진보정당 이야기를 빼놓지 않아서 부담감에 거리를 두는 사람들도 있었으나, 결국에는 "정의당, 녹색당, 노동당, 이런 데도 있다는데, 다 힘을 합쳐서 우리 국회의원도 만들고 그러면 되지 않냐"며 관심을 보이는 동료들의 말을 듣고 언젠가는 꼭 그렇게 될 수 있으리라 재경 씨는 확신했다.

"우리가 정성을 쏟으면 느리더라도 꼭 그런 날이 올 거예요."

재경 씨가 말했다.

권수 씨는 강아지 두 마리를 안고 맨몸으로 성남으로 갔다. 도배일을 하다가 건설노동자가 되었고, 힘든 형틀노동에 허리디스크가 터져 쉬고 있는 동안 노동조합의 소개로 건설기능학교에서 철근 일을 배웠다. 본격적으로 철근노동자의 삶을 살아가던 중 그는 필요할 때 찾을 수 있고, 현장에서 일어난 문제를 함께 해결해 주는 노동조합의 가치를 알게 되었다. 집회와 투쟁이 있을 때마다 진보당 사람들이 현장에 와서 연설도 해주고 도와주는 것이 고마워서 "진보당이 뭐예요? 뭘 하는 곳이에요?" 하고 물었던 적도 있다.

그 후 당에 가입해 모임에도 나가게 되었다.

강도 높은 건설일을 하면서도 주말마다 당진까지 내려가 타워크레인 기사 면허증을 따고, 지금은 타워크레인 조종사로 노동조합 활동을 하는 권수 씨는 끊임없이 배우고 공부하는 사람이었다. 이야기가 끝나고 나서는 자신도 글을 쓰고 싶었다고, 가끔 연락해서 글쓰기에 관해 물어봐도 괜찮겠냐고 했다.

"언제든지요."

권수 씨는 이따금 안부를 묻거나 읽은 책에 대한 문자메시지를 보냈고, 나 또한 그에게 안부를 전하는 답장을 보냈다.

세 노동자가 노동조합 활동을 시작하고 진보정당과 함께한 것은 모두 2016년이었다. 내가 작가로 살기 시작한 때도 2016년이라고 하자, 2016년 동지회라도 만들어야 하나? 농담처럼 이야기했지만, 수많은 노동자, 시민이 부정한 정부에 맞서 불꽃처럼 일어난 그해 누군가의 삶이 바뀐 것이 우연만은 아니었을 것이다. 시민단체와 노동조합과 진보정당이 버스를 대절해 주말마다 시청 앞으로 광화문 광장으로 가는 모습이 사람들의 마음을 움직였을지도 모른다. 광장에 나부끼는 깃발을 올려다보며 마음이 꿈틀댔을지도 모른다.

광장이 열리면 누군가는 그쪽을 향해 걷게 되지 않나. 영숙 씨와 재경 씨와 권수 씨와 많은 노동자, 시민이 그랬던 것처럼.

그러니 누군가는 광장을 열어야 하지 않나.

"박영재 노동자에 대해서는 어떤 생각을 하고 있나요?"

곁에 앉아서 이야기를 듣고 있던 추모사업회 그녀가 물었다.

"모란공원에 가서 박영재 무덤의 비문도 읽어보고 그때 이야기도 들어보고 했지만, 아무리 그래도 당을 위해 분신까지

할 수 있을까, 솔직히 이해를 못했어요. 조금만 참으시지, 가족도 있고, 소중한 목숨인데…… 그런 생각을 했어요. 그러나 노동조합의 간부가 되고 보니 속에서 천불이 나요. 사측에서 부추기는 노노 갈등에 너무 화가 나요. 가장 참을 수 없는 게 우리 안에서 분란을 만들고 싸움을 일으키는 거예요. 한 사업장 노조에서도 그런데 그때는 오죽했을까, 하고도 남겠다. 진보라고 하는 사람들이 제대로 하려면 힘을 합쳐도 거대 양당체제를 못 따라가는 판에 모함하고 분열하고…… 나라도 총대를 메겠다, 불 지르겠다, 그런 심정. 제2의 전태일이 맞더라고요. 노동조합만 하면 뭐하냐, 정신 차려라, 그렇게 말하는 느낌……"

영숙 씨가 대답했다.

"저렇게 순박하게 생긴 사람이 어떻게 그런 결심을 했을까, 자기 개인 일도 아닌데 어떻게 목숨을 버릴 수 있었을까, 저도 이해를 못했어요. 사진으로만 봤으니까요. 오래전에 사업을 하다가 망하고 집 밖으로 나가지도 못한 힘든 시간이 있었는데요, 아파트 12층 베란다에 서서 여기서 떨어져 버리면, 죽어버리면 고통이 없겠지, 생각했던 적이 있어요. 근데 못하겠더라고요. 스스로 목숨을 버리는 것은 그만한 이유가 없으면 안 되는 거예요. 살고 싶죠, 누구나. 박영재 노동자에게 진보정당은 목숨과도 바꿀 수 있는 것일 텐데…… 사람들은 그걸 알까요?

이해할까요? 이해를 할 수 있을까요?

당 활동을 하면서 6, 7년쯤 마석 추모제에 갔어요. 갈 때마다 다른 느낌이더라고요. 나는 그렇게까지는 할 수 없겠지만 열사들의 무덤 앞에 서면 어떤 결심을 하게 돼요. 더 잘 살아야겠다는……"

사람들은 그를 이해할 수 있을까.

건설현장 형틀노동자 재경 씨는 몇 번이나 그 말을 반복했다. 그를 이해할 수 있는지.

"저는 아직 정리가 안 돼서요."

타워크레인 노동자 권수 씨가 조용하고 수줍은 목소리로 솔직하게 말했다.

전태일 평전이 있었기에 전태일과 1970년대 평화시장 어린 노동자들의 기계 같은 삶이 세상에 알려졌듯이, 박영재의 책이 이 시대 노동자와 진보정당의 존재를 증언했으면 좋겠다는 재경 씨.

의정부 여중생 미선이 효순이 촛불 투쟁을 하다가 의문의 죽음으로 세상을 떠난 제종철의 평전을 읽고 나서, 내가 제종철처럼 살 거야, 하고 결심했다는 영숙 씨.

예전에는 보수정당의 힘이 약해지고 진보정당들이 민주당의 파트너 야당이 된다면 얼마나 아름다울까 생각했지만, 이제는 야당이 아니라 집권도 할 수 있겠다, 진보정당이 집권해야 세상이 근본적으로 바뀔 수 있겠다, 그런 마음으로 노동조합 활동과 당 활동을 하고 있다는 권수 씨.

더는 변할 것 같지 않았던 삶이 달라지고, 자신도 다른 사람, 더 좋은 사람이 된 것 같은 느낌이라고 세 노동자가 말했을 때 나는 눈물을 감추느라 고개를 돌려야만 했다.

…… 때문에 좋은 사람이 된다는 것, 사랑이 아닌가.

우리가 무언가를 사랑할 때 느끼는 감정이 아니었나.

힘들고 어려운 일은 많겠지만 그들에게 노동조합은, 더 나아가 노동자 자신의 미래를 위한 진보정당 활동은 삶의 토대와는 무관하게 머리로 생각하고 판단해서 들고, 떠나고, 버릴 수 있는 사람들의 그것과는 다른 의미일지도 몰랐다. 그때까지와는 다른 사람으로 성장하는 것 같은, 그런 자신이 너무 좋은, 그래서 사랑이 되고 삶이 되어버렸다는 그들을 이해할 수 있을까.

그런 존재였던 당이 자신의 뜻과는 무관하게, 이해할 수 없는 이유로, 낯선 모습으로 뒤돌아 멀어질 때 그가 어떤 마음이었을지 이해할 수 있을까.

이해했다면 그 사랑에 진실하고 충실했던 노동자가 죽음을 결심할 때까지 누구든 외면하고 돌아서지는 못했을 것이다.

"그가 평범한 노동자가 아니라 노동운동에서 이름난 사람이었다 해도 사람들이 그토록 무관심했을까요?"

여름에 만난 조영건 선생에게 내가 그런 말을 했을 때 선생은 이름난 사람이었다면 당을 위해서 그렇게까지 하지는 않았을 거라고 대답했다.

"진짜 노동자이니 그랬을 겁니다."

쓸쓸한 표정으로 선생이 말했다.

나는 그날 만난 노동자 모두가 이 시대의 증언이고 책이고 전태일이고 제종철이고 박영재라고 생각했다. 그들 속에 내가 전해 들은 박영재의 모든 것이 있었다.

박영재가 살았던 삶을 그들이 살고 있고, 박영재가 목숨과 맞바꿔 지키려 했던 것을 그들이 단단하게 지키고 있었고.

[11]돌아보면 그들은 참 아름다운 삶을 살았다.
불의와 폭력에 대한 저항은 언제 어디서나 옳다.

히틀러와 나치의 폭압 독재에 맞선 독일 대학생 저항 단체 '백장미단'의 마지막 생존자 트라우테 라프렌츠Traute Lafrenz가 103세에 사망했다는 기사와 20대 독일 대학생들의 짧은 삶과

---

11 문학평론가 염무웅 선생의 페이스북 글 중.

죽음에 관해 쓴 어느 문학평론가 선생의 저 문장을 읽은 날, 나는 겨울에 만난 노동자들을 떠올렸다.

백장미단은 1942년 유대인 학살과 전쟁을 비판하는 전단을 배포하다가 게슈타포에 체포돼 참수형을 당했고, 처형당한 리더 한스 숄과 단체의 일원인 소피 숄의 누나이자 언니, 잉게 숄은 실화소설 『아무도 미워하지 않는 자의 죽음』을 써서 자유와 정의를 위해 목숨을 바친 젊은 그들의 양심, 신념, 저항을 전했다. 폭압의 시대에 저항하고 죽음을 맞은 그들의 이야기가 잉게 숄의 글에서 되살아났고, 잊지 말아야 할 정신으로 남게 되었다.

"책 잘 써주세요."

박영재의 책이 나오면 노동조합 동료와 함께 읽겠다고, 박영재의 삶과 죽음을 기록한 글을 통해 후대가 이 시대 노동자와 진보정당을 알게 해 달라고, 겨울에 만난 노동자들이 말했다.

"그분의 이야기는 결국 우리의 이야기잖아요."

박영재가 '참된 벗들, 노동자 형제'라고 불렀던 그들이 내게 말했다.

겨울의 끝에서 만난 사람

박영재가 몸담았던 <수원민주버스노동자회> 회장 이광언

선생은 버스운송업계의 가혹한 노동 현실과 어용노조의 불의에 맞서 민주버스노조를 세우기 위해 앞장서 활동한 노동자였다.

조용하고 차분하게 이야기를 들려주는 이 선생의 모습을 보며 저분의 어디에서 그런 의지가 나온 걸까, 무엇이 버스업계의 횡포를 견뎌내며 조직을 이끌고 회사와 싸우며 오랜 시간 활동할 수 있었을까, 나는 자주 생각했다.

일하던 회사는 달랐지만 그가 박영재를 처음 만난 것은 '야당'이라 불리는 사람들의 모임에서였다. '야당'은 오랫동안 회사 편에 서서 노동자들의 입을 막고 사익을 취하는 어용노조를 민주노조로 바꾸기 위해 자발적으로 모인 버스노동자들을 이르는 말이었다.

2005년에 만들어진 <수원민주버스노동자회>는 각자의 회사에서 야당으로 활동한 경험을 나누고 돕는 친목 모임으로 시작되었다.

신원여객 촉탁직 버스 기사를 거쳐 2002년에 경진여객에 입사한 박영재는 뒤늦게 경진여객 야당들과 함께 모임에 참여했고, <수원민주버스노동자회>가 만들어졌을 때 총무 역할을 한다. 이후 <경기버스노동자회> 결성에도 주도적으로 참여했다.

그러나 회사에서 야당 활동을 하는 것이 드러나면 그들은 가차 없이 해고되었다.

"어떻게요? 무슨 근거로요?"

이해할 수 없는 이야기를 듣고 내가 묻자, 취업규칙에 명시된 해고 사유가 작은 회사는 60개, 어떤 회사는 백 개가 넘고, 그보다 더 많은 방법으로 불이익을 주어 회사를 떠날 수밖에 없게 만든다고 이 선생이 말했다.

그와 박영재와 버스회사 야당 노동자들은 그런 위협적인 조건에서 민주노조를 세우기 위해 활동했던 사람들이었다.

"해고 위협이 많았을 텐데요……"

"많았죠."

"그런데 어떻게……"

"회사의 비리가 무궁무진해요."

"아……"

그들이 어떻게 싸웠는지 짐작할 수 있었다.

경진여객 노동자들은 야당 모임의 도움을 받으며 노동조합 선거 준비를 했고, 이 선생의 기억으로는 그때부터 박영재가 눈에 띄기 시작했다.

입사 후 2년 동안 회사와 어용노조의 비리를 지켜보며 법 규정을 공부하고 『전태일 평전』을 읽던 박영재는 선거에 진 야당은 일명 '똥 치운다'는 모욕을 받으며 쫓겨나는 상황에서 모두가 몸을 사리거나 뒤에서 은밀하게 지원할 때, 몸을 감추지 않고 적극적으로 활동에 나섰다는 것이다.

선거는 실패했고, 곧바로 해고 위협이 시작되었다. 노동자들은 해고와 탄압을 방어하기 위해 불법적인 버스 운행 등의 비리를 고발하고 민원을 접수하며 회사와의 싸움을 시작한다. 그때도 박영재는 주도적으로 나섰다.

2009년 노동조합법 개정으로 복수노조가 허용돼 2011년 8월 박요상을 지회장으로 전국운수산업민주버스 경기지부 경진여객 지회가 설립될 때까지 어용노조는 3년 임기를 무려 18년이나 이어갔고, 공공연하게 비리를 저질렀다.

처음에는 어용노조와의 싸움, 그다음에는 회사와의 싸움, 다음에는 회사와 노조의 비리를 눈감아주고 방조하는 노동청과의 싸움……

결국에는 밥 먹을 시간, 화장실 갈 시간도 없이 하루 열일곱 시간, 때로는 그 이상으로, '백 개가 넘는' 해고 사유에 위협받고 불법적인 버스 운영에 기계처럼 끼여 착취당하며 살아도 되게 '만드는' 법과 제도와의 싸움이 될 수밖에 없었다.

'박영재와 가까이하지 마라. 당신에게 피해만 갈 것이다.'

경진여객에 입사해 '위험한 인물' 박영재의 이름을 듣고 호기심에 그를 만나보았다는 한 버스 기사 동료는, 그의 머리엔

온통 동료 기사의 권익을 위해 무엇을 해야 하나, 그런 생각으로 가득했다고 말했다.

불의를 보고 먼저 나서는 사람이나 자신보다 공동체를 위한 행동이 우선인 사람의 진의를 의심하는 것, 그것이 오해를 일으키고 확증편향이 되어 불신과 단절로 이어지는 일은 어디에든 존재할 것이다.

박영재는 살아서뿐 아니라 죽어서도 그런 오해와 확증편향을 피하지 못했다. 목숨과 바꾸려 했던 진심, 불신과 분열을 멈추고 '노동자, 농민 제 민중이 주인 되는' 진보정치의 길로 '돌아가라'는 그의 진의는 쉽게 왜곡되었다. 홧김에 충동적으로 그랬다거나, 억울함을 풀어야겠다는 단순한 마음으로 그런 일을 저질렀다거나, '이석기 국회의원 당선자'와 그 정파를 대변하다가 희생된 사람이라거나.

그러나 그는 정말 그래서 자신의 몸에 불을 붙였던 것일까.

그는 정말 '위험한 인물'이었나.

버스 기사로 야당 활동을 시작하고 동료노동자들과 함께 조직을 만든 박영재는 버스노동자회 결성과 활동에 도움을 주었던 민주노동당에 관심을 갖고 수원시당 당원이 된다. 그리고 단체의 모든 회원들이 당에 가입할 수 있도록 설득한다.

박영재가 입당한 2005년 당시 민주노동당은 2004년 17대 총선에서 지역구 2석, 비례대표 8석, 정당 득표율 13.03%, 각계 각층의 폭넓은 지지를 받으며 '일하는 사람들의 희망'이라는 정체성을 갖고 원내에 진출한 시절이었기 때문에, 그의 마음은 설렘과 희망으로 부풀었을 것이다.

"그 사람은 늘 공부를 하자고 했어요. 자기와 직접 관련된 일이기 때문에 야당 활동을 하지만, 아직 준비가 안 된 사람들이 많았는데…… 전태일 평전을 읽자고 책을 가져오기도 하고, 노동운동의 역사에 관한 비디오를 보자고도 하고……"

누군가는 너무 앞선다고, 급하고 고집스럽고 과격하다고 생각할 수도 있겠지만, 전태일을 알았던 그였다면 어떻게 그러지 않을 수가 있을까.

개인의 불이익을 감수한 야당들의 활동으로 회사 내 분위기는 점차 바뀌게 되고, 수원의 버스노동자들은 10년, 20년 철옹성 같았던 어용노조를 새로운 노동조합으로, 민주노조로 바꾸게 된다. 경진여객은 민주노총 소속 노동조합을 건설한다.

"처음부터 당에 가입할 생각은 아니었어요. 박영재 씨가 모임에 와서, 이제부터는 야전에서 싸우는 게 아니라 법을 바꾸는 거다, 민주노동당 국회의원도 만들고…… 그래서 그걸 하려는 거다, 하는데 그 말이 얼마나 멋있어요?"

이 선생이 말했다.

"선생님은 어떻게 처음 야당이 된 건가요?"

내가 물었다.

"동료가 사고를 낸 적이 있었어요. 사고 견적이 100만 원이 넘으면 해고 사유가 돼요. 그런데 우리는 견적이 얼마나 나왔는지도 몰라요. 그때는 500만 원이 나왔는데 100만 원을 뺀 400만 원을 물어내라는 거예요. 깜짝 놀라서 규정을 막 뒤지며 찾아봤죠. 언젠가 내 일이 될 수도 있으니까요. 기가 막혔죠. 너무 불합리하고 어이가 없어서…… 그때부터 파고들었고…… 아마 다른 사람들도 그랬을 거예요. 동료의 일이 자신에게 닥칠 일이기도 하니까요. 노동조합에 대해선 아무것도 몰랐는데 당에서 교육도 해주고 많이 도와줬어요."

그렇게 시작한 지금의 <경기민주버스노동자회>는 그 불씨가 되었던 친목 모임에서부터 20년을 활동했고, 이 선생이 야당 활동을 하며 터를 만들었던 버스 회사에는 전국에서 거의 유일한 복수노조로 민주노총 지회가 만들어졌다.

"그 과정이 무척 힘드셨을 텐데 무슨 마음으로 어떻게 지금까지 오신 걸까요?"

긴 이야기 끝에 내가 물었다.

"나는 쉬운 길을 택한 거예요. 내가 할 수 있는 만큼만. 그래서 영재 걱정을 많이 했지요."

그렇게 자신의 모든 것을 걸고 활동하고서는 견딜 수 없을 듯해서 영재가 늘 안타까웠다고 이 선생이 말했다. 현실과 타협하거나 활동을 포기하는 사람들을 보고 영재는 실망도 많이 했다고, 그래서 더 열심히 활동하는 사람들이 있는 당으로 갔는데 그런 일이 일어났으니 더 크게 실망한 것이 아니겠냐고.

민주노동당에 가입해 당과 함께 활동하던 버스 기사 박영재는 2008년부터 수원 비정규노동센터 사무국장으로 상근 일을 시작했고, 2012년 세상을 떠날 당시에는 센터의 소장으로 비정규직 노동자들의 투쟁에 함께하고 있었다.

지난 초여름 '참 좋은 곳'에서 그녀가 준 이력서는 그때의 것이었다.

순수한 열정으로 긴 시간 버스노동자들과 함께해 온 이광언 선생에게서 내가 알지 못했던 세계, 늘 길에서 마주치는 노동자들의 삶과 투쟁에 대해 많은 이야기를 들었지만, 그가 머뭇거리며 했던 마지막 말은 오래도록 마음에 남았다.

"그때 있었던 그 사건…… 잊을 수가 없죠. 버스노동자회 활동을 하며 민주노동당에서 많은 지원과 도움을 받았어요. 옆에서 있는 것만으로도 힘이 되는 건데, 먼저 찾아와서 물어봐 주기도 하고, 필요한 것을 챙겨주기도 하고. 그런데 지나고 보니 노동운동 세력은 정치하면 안 된다는 생각이 들었어요. 노동운동은 싸움이고, 정치는 타협이잖아요. 어떠세요? 제 말이 이상한가요?"

이광언 선생은 자주 나에게 되물었다.

"통합진보당을 보며 더 그런 생각이 들었어요. 기준이 다르구나…… 처음에는 노동운동이나 진보정당이나 똑같다고 봤어요. 그런데 움직이는 방법이 다른 거고, 그렇게 가다 보면 결국 다른 정당과 비슷해질 것도 같고…… 그러다가 점점 멀어져서 연결된 것이 끊어질 것도 같고. 그때 그런 모습을 보이지 않았나, 그때 상황을 가끔 떠올려 봐요. 그 사람이 왜 그랬을까. 버스노조 활동을 하려다가 더 크게 바꾸자는 절실한 마음으로 당에 갔는데 분열하고 찢어지는 걸 보며 나랑 비슷한 생각을 하지 않았을까. 점점 멀어지는 느낌……"

버스노동자 이광언 선생은 왜 노동운동과 진보정치의 기준이 다르다고 생각했을까. 왜 노동자와 연결된 선이 끊어질지도 모른다고 느꼈을까. 왜 결국에는 기존 정당들과 비슷해질 거라고 생각했을까.

통합진보당의 어떤 모습 때문에……

단지 노동운동과 대중정당의 활동 방식만을 두고 하는 말은 아닐 것 같았다.

어떤 진보정치인의 말대로 대중정당으로서의 진보정당은

정말 '국민의 눈높이'에 맞게 활동해야 하는 것일까. 그런데 국민은 누구를 말하는 것일까.

얼마 뒤 헤겔 철학을 연구하는 철학자를 만났을 때, 이광언 선생이 왜 그런 생각을 했는지 조금은 이해할 수 있을 것 같았다.

오랫동안 대학 강단에 서다가 퇴임한 철학자는 통합진보당 부정경선 사태가 일어났을 때, 그 사건에 큰 관심을 보이던 분이었다.

나는 서로 다른 입장에서 격렬하게 대립했던 통합진보당 사건의 본질이 무엇이라 생각하는지 철학자에게 물었다.

"진보정치의 중심에 현장을 떠난 지식인들이 많았고, 한편으로는 직접 노동운동을 하고 있는 당원들도 있었는데, 성향이 달랐던 것 같습니다. 개인적이든 아니든 간에 진보정치의 어려움을 겪으며 좀 더 효율적으로 대중정당으로서의 권력을 추구하는 경향도 생겼고, 여전히 순수한 노동운동이나 진보정치의 열망을 지켜가려는 사람들도 있었고…… 겉으로 드러난 것은 경선부정 사건이었지만, 본질적으로는 이 두 측면의 충돌이 아니었나 생각합니다."

그런 면에서 박영재의 죽음 또한 경선부정 사태의 진실을 밝히라는 표면적인 이유로만 볼 것이 아니라 진보정치가 가야 할 길에 대한 근본적인 요구, 그것에 대한 질문으로 이어져야 한다는 것이 철학자의 입장이었다.

그분의 말은 그때의 진보정당에 대한 이광언 선생의 시선과 상통하는 것이었다.

해방 후 70여 년을 지속해온 보수정당과 민주당계 정당의 양당정치를 깨고 노동자, 서민, 사회적 소수자와 약자를 위한 진보정치를 실현하기 위해서 진보정당은 어떤 길로 나아가야 하나.

노동운동은 정치하면 안 된다는 노동자 이광언 선생의 이야기가 나는 좀 아팠다.

마석의 푸른 공중전화

지난 초가을, 마석 모란미술관 옆 민족민주열사묘역으로 가는 길가에서 공중전화 부스처럼 생긴 파란색 구조물 하나를 발견했다.

함께 걷던 추모사업회 그녀가 부스 앞에서 걸음을 멈추었다.

사막의 공중전화.

언젠가 먼 나라를 여행한 사람이 들려준 이야기가 떠올랐다. 사막 근처 묘지의 전화기 이야기였다.

죽은 이가 그리울 때 전화를 걸면 발신음이 두 번 울린 후 희미한 바람 소리, 새들이 날개를 펼치며 날아오르는 소리, 더운 바람에 흔들리는 나뭇잎 소리…… 그리고 가느다란 숨소리가 들려오는데, 사람들은 그것을 영혼이 전하는 소리라 믿고 있다고 여행자가 말했다.

"안으로 들어가 볼까요?"

그녀가 문을 열었다.

전화기가 놓여있어야 할 자리에는 「아름다운 삶- 우리들의 숨결에 살아」라는 제목의 소책자가 가지런히 세워져 있었다. 민족민주열사와 희생자들이 묻혀 있는 묘역도와 그들의 삶과 죽음에 관한 짧은 내용이 정리되어 있는 연푸른 표지의 작은 책이었다.

"이런 곳이 있었네?"

"처음 보는 건가요?"

"글쎄요, 무심히 지나쳤을지도……"

그녀가 목차를 훑다가 책장을 넘겼다.

89쪽 박영재.

박영재의 아래쪽에는 2013년, 비정규직 노동자의 정규직 전환을 위해 투쟁하다가 해고되어 4년간의 투쟁 끝에 기어이 목숨을 끊은 기아차 화성공장 비정규직 노동자 윤주형의 너무도 환하고 해맑은 모습이 있었고, 생전의 모습처럼 검은 두루마기를 입은 문익환 목사님, 태안화력발전소 서부공장 김용균의 앳된 얼굴이 차례로 그녀의 손끝을 지나갔다.

부스 옆에는 '모란 민주열사 음성안내 시스템'이라는 대형판이 설치되어 있었다.

— 큐알 코드를 찍으면 인물 설명이 들려요!

위에서 세 번째 줄 25번째 칸, 충남 서산 출생 박영재.

"찍어 봐요!"

그녀가 눈을 빛내며 재촉했다.

나는 박영재의 이름 아래 붙은 큐알 코드에 휴대폰 카메라 화면을 가져갔다.

"1968년 충남 서산에서 출생한 동지는 가난했던 어린 시절 고등학교도 다니지 못하고…… 스스로 전태일 평전을 읽고…… 2012년 5월 14일…… 불구덩이 속에 몸을…… 그로부터 40일 후인 6월 22일 숨을…… 동지의 죽음 이후 악랄한 종북 공세, 내란음모조작, 진보당 해산 등 탄압이 쉼 없이……"

낯선 여자의 목소리로 녹음된 기계음 속 박영재는 그의 동지들을 만나며 어느덧 친숙해진 이름의 박영재가 아닌, 어쩐지 낯설고 아득한 존재로 느껴졌다. 그는 그의 동지들만이 아는 박영재가 아닌 것 같았다.

10년 전 언론을 통해 세상에 알려진 박영재.

그와 관련된 사건은 어떤 프리즘을 통과해 각각의 방향과 색으로 굴절되었을 것이고, 그녀의 말대로 이름도 죽음도 그 유리 다면체의 세상 안에 갇혀있을지도 모른다. 나 역시 굴절된 빛깔 중 하나로, 어떤 정파적이고 정치적인 의미로만 그를 기억하고 있었던 것일지도 모르고, 누군가는 완전히 다른 각도로 도달한 빛을 그라고 믿고 있을지도 모르고.

2023년 봄, 나는 다시 모란공원에 갔다. 박영재 10주기 추모제가 있었던 여름과 초가을과 겨울에 다녀온 이후 네 번째 방문이었다. 신흥정밀 노동자 박영진 열사의 37주기 추도식이 있는 날이었고, 봄날 묘역의 냄새를 맡기에도 좋은 화창하고 따듯한 날이었다.

겨우내 「진보의 심장, 박영재」 1주기 추모집과 10년간 발행한 추모제 자료를 반복해서 읽고 열사들의 기록을 찾아보며, 그들의 삶과 죽음이 놀랍도록 비슷하다는 것을 알았지만, 특히 박영진과 박영재는 같은 운명을 받고 태어난 쌍둥이별 같았다.

박영진은 1960년 충남 부여, 박영재와 같은 충청도 시골 마을 가난한 소작농의 장남으로 태어나 26년 후 분신한 몸으로 경기도 마석에 묻혔다.

서울로 올라와 막노동을 하고 노점을 하다가 파출부로 일하던 아버지와 어머니는 다섯 남매를 먹여 살리는 것도 힘에 겨웠다.

박영진은 공납금을 내지 못해 중학교를 중퇴하고 신문팔이, 구두닦기 등의 일을 하며 방황했지만, 못다 한 공부를 다시 하기 위해 시흥지역 야학에 들어가 그곳에서 자신과 노동자의 현실을 자각하게 된다.

그는 동도전자, 동일제강을 거쳐 구로공단 신흥정밀에 입사해 노동운동을 하게 되고, 사측의 임금착취와 부당노동행위에 맞서 싸우던 1986년 임금인상 투쟁 중에 공권력이 투입되자, 이에 저항하며 동지들 앞에서 몸에 석유를 붓고 불을 붙였다.

그는 불에 탄 참혹한 모습으로 이소선 어머니가 지켜보는 가운데 유언을 남기고 숨졌다.

"지금 하고 싶은 말은 없니?"

"삼반(반민족, 반민주, 반민중) 타도하자! 투쟁하자! 미안하다. 끝까지 싸우지 못해서…… 지금까지 잘 키워주셔서…… 제가 못한 것 부모님이 끝까지…… 손 좀 잡아줘요…… 지금 행복해요…… 나는 잠시 다니러……"

1986년 스물일곱 살 노동자 박영진과 시골버스 차장 박영재, 26년 뒤 2012년, 마흔다섯 살 박영재와 스물일곱 살 청년으로 남은 박영진.

두 영혼은, 묘지의 영혼들은 어떤 모습, 어떤 마음으로 그곳에 있을까.

그들의 이야기를 읽으며 나는 종종 마석의 영혼들에 대해 상상했다.

"진달래색으로 부스를 스케치해 볼까?"

모란미술관 옆 푸른 공중전화 부스를 지날 때 동행한 민미협 화가가 내게 말했다. 그는 일주일에 이틀을 여의도 국회의사당 앞 천막농성장에서 밤을 보내며, 민주유공자법 입법으로 열사들의 명예를 회복하려는 유가협 어머니 아버지, 가족들의 곁을 지키고 있었다. 왜 이 일을 시작했냐고, 유가족이냐고 물었을 때 화가는 "80년 그해 광주에 함께 있지 못했어요……" 하고 말끝을 흐렸다.

"저기로 전화를 걸면 종철이, 송면이, 희정이, 윤기, 우혁이, 영진이…… 태일이 형, 소선 어머니가 받을 것만 같아요."

"그런 전화가 정말 있었대요. 사막 근처에……"

나는 사막의 공중전화 이야기를 화가에게 들려주었다. 어떤 날은 세상 곳곳에서 쏘아진 전파가 얽혀 서로 연결되고, 그래서 죽은 자를 통해 산 사람들이 친구가 되기도 한다고.

화가는 짙고 선명한 주황색 배경에 푸른 작업복을 입고 안전화를 신고 머리에 붉은 머리띠를 묶고 한 손을 치켜든 박영재의 사진을 스케치한 적이 있다고 했다.

"좋은 사진이었어요. 좋은 모습이었고……"

"보여주실 수 있나요?"

"아직 안전화를 그리지 못했어요."

"완성되면 보여주세요."

"네, 그럴게요……"

낯익은 사람이 빠른 걸음으로 우리의 곁을 지나갔다. 박영재 10주기 추모제에서 추모글을 읽은 진보정당의 젊은 당 대표였다. 그런 장소가 아니었다면 그랬을 리가 없지만, 나는 몇 걸음 앞으로 따라가 "대표님!" 하고 불렀다. 그가 걸음을 멈추고 뒤를 돌아보았다. 그에게 나는 당연히 모르는 사람이었다.

무슨 말을 해야 할까.

"박영재 당원의 책을 준비하고 있는 사람입니다."

나도 모르게 박영재의 이름이 나왔다.

그는 잠깐 기억을 더듬는 듯한 표정으로 "아! 박영재……" 라고 하더니, 그런데 여긴 무슨 일로 왔냐고 물었다. 박영재라는 이름이 낯선 사람에 대한 경계를 조금은 풀게 한 것 같아 다행이라고 생각했지만, 나는 진보정당의 대표가 그에 대해 몇 마디 더 물어봐 주길 바랐다.

"박영진 열사 추모제에 왔습니다."

"아, 박영진 열사……"

대표를 수행하고 있는 듯 보이는 사람이 옆에서 그를 기다리고 있었다.

"박영재 추모제 때 다시 뵙겠습니다."

내가 한 걸음 뒤로 물러서며 말했다. 검은 슈트를 입은 당 대표가 묘역 쪽으로 멀어졌다.

그가 걷고 있는 길 더 멀리서 성신여대 권희정의 어머니 강선순 선생님이 좁고 가파른 묘역 길을 난간에 의지해 걸어 올라가고 있었다. 화가가 어머니 뒤에 바싹 붙어 걸었다. 권희정의 무덤 뒤 소나무가 지난 늦여름 태풍에 쓰러져 길 반대편으로 휘어져 있었고, 쓰러진 나무의 몸통을 굵은 대나무 봉이 떠받들고 있었다.

어머니는 주스 병을 따서 무덤 앞에 올려놓고, 하늘색 종이학과 분홍 장미 꽃잎, 진달래색 깃에 노란색 한복 저고리를 입은 딸의 사진이 담긴 유품함을 닦고 또 닦았다. 스물세 살 권희정의 유품함은 그 또래 여학생의 방처럼 아기자기하고 화사하게 꾸며져 있었다.

"희정이 방에 들어가면 늘 일기장 같은 게 있었어. 내가 그걸 한 번도 펼쳐본 적이 없어. 엄마가 일기를 본 걸 알면 얼마나 상처를 받겠어. 그런데 후회가 돼. 좀 읽어봤더라면 우리 희정이가 어떻게 살고 있는지 알았을 텐데…… 희정이 아버지가 우리 희정이를 정말 아꼈어. 그래서 그렇게 일찍 따라가셨나? 그때 택시 운전을 했었거든. 새벽에 일을 나갔다가 내가 밖으로 나가면 다시 들어와서는 술잔을 두 개 놓고 희정이 한 잔, 자기 한 잔, 그렇게 술을 마시면서 울고 그랬어. 종이에 무슨 말을 잔뜩 쓰기도 했는데 내가 다 잃어버렸어."

성신여대 권희정이 1996년 학원 자주화를 위한 단식투쟁 후유증으로 목숨을 잃었을 때, 아버지는 딸을 마석에 묻지 않았다. 죽어서라도 세상일을 잊고 편안하게 잠들길 바라는 아버지의 마음이었을까. 젊은 그들이 외면하고 살아가기에 이 세계는 여전히 불의하니까.

어머니는 떠내려가지 못하고 강가에 떠 있던 희정의 뼛가루를 수습해 집으로 데려가 다음해에 모란공원 열사묘역에 묻었고, 그때부터 지금까지 26년 동안 한 해도 쉬지 않고 유가협 활동을 했다.

"희정아, 잘 있어. 이제 영진이 보러 간다. 엄마가 다시 못 들렀다 갈 수도 있어. 그러면 4월 2일 날 보자."

젊은 엄마가 어린 딸을 달래듯 팔순의 강선순 어머니가 무덤을 어루만지며 말했다.

4월 2일은 노조 탄압에 맞서 분신한 덕진양행 노조 위원장 김윤기, 회전하는 연신기에 몸이 휘말려 들어가 숨진 대붕전선 노동자 강민호, 그리고 성신여대 권희정, 20대 세 청년 열사의 추모제가 있는 날이었다.

“상근이랑 같이 잘 지내고 있어……”

스물다섯 살 대학생 한상근은 1997년 학원 자주화 투쟁 중 분신해 열사묘역 서쪽 비탈 권희정의 곁에 묻혔다.

노동자 박영재가 특별히 아끼고 존중했다는 학생 동지들. 자신은 서른여덟 살에야 진보정당을 만나 세상의 모순을 알아가고 그런 세상을 변화시키는 길에 섰지만, 이십 대 젊은 나이에 자신보다 훨씬 먼저 앞장선 대학생 동지들에게 아낌없는 존경과 배려와 사랑을 보냈다는 박영재를 떠올리며, 나는 어머니와 화가의 뒤를 따라 비탈길을 내려갔다.

모란공원 묘지는 그 봄 어떤 날보다 맑고 빛났다.

노동자들의 노래를 만들어온 노래운동가의 성장한 딸이 추도식에서 추모곡을 부르는 동안, 나는 황금빛 마른 잔디를 밟고 무덤 사이를 걸어 다녔다.

봄볕으로 환한 묘지에 박영재의 무덤가만 그늘져 있어서 마음이 서늘했지만, 어느 해 말라 죽어 있었다는 잔디는 건강하게 겨울을 견뎌내고 열한 번째 봄을 맞이하고 있었다.

부모를 따라온 꼬마들이 잔디 위에 앉아 놀고 있는 모습이 보였다. 따뜻한 바람이 불 때마다 마른 풀들이 화르르 일어나 나비 떼처럼 날아올랐다.

마이크 소리로 한 중년 남자의 울먹임이 들려왔다. 지난해 10월 29일 이태원 참사에서 딸을 잃었다는 아버지의 울음소리였다.

노랫소리를 들으니 떠난 아이가 생각났다고.

그를 울게 한 노래는 노래운동가의 딸이 세월호 부모님들을 위해 만들고 불렀다는 노래였다.

우리는 어떻게 여기까지 오게 됐을까.

사막 근처 묘지의 공중전화는 수평선 가까운 섬마을, 호수와 바닷가마을, 대륙과 도시와 공장과 농터와 노인과 어른과 그들의 아이들을 연결했을 것이다. 이 별을 떠난 그립고 사랑하는 사람의 이름으로.

"박영진 열사는 어떤 사람이었나요?"

"오빠는 내성적이고 섬세한 사람이었어요."

무덤가에 둘러앉아 추모사업회에서 준비해온 따뜻한 음식을 먹으며 내가 묻자 박영진의 여동생이 말했다.

"오빠는 시 쓰는 것도 좋아했어요."

그도 박영재처럼 시를 쓰고 싶었구나.

"내가 아버지한테 혼날 때마다 오빠가 많이 감싸줬는데……"

그도 동생들에게 다정한 사람이었구나.

그런 그들이 부모와 동생들을 남겨두고 불 속으로 뛰어든 거구나.

그래서 우리는 여기서 이렇게 만날 수 있었던 거구나.

"책 잘 써 주세요. 그 사람의 이야기가 우리의 이야기니까요……"

겨울에 만난 노동자들의 말을 떠올리며 나는 모란미술관 옆 푸른 공중전화 부스로 갔다.

영혼들의 이야기가 담긴 하늘색 작은 책자.

영혼의 이야기를 전하는 묘지 근처의 공중전화.

나는 공중전화 안에 세워진 하늘색 책을 한 권 가방에 챙겨 넣고 집으로 돌아오는 버스에 올랐다. 4월 2일에 다시 만날 것을 약속하며, 물병에 담아온 나뭇가지에 꽃이 활짝 피어날 무렵, 꽃이 피기 전에는 나무의 이름을 알 수 없는 날이 지나, 그때가 되면 나도 박영재의 이야기를 쓸 수 있을지도 모르는.

그날, 봄볕 환한 묘역 한가운데서 본 모란공원 묘지는 우주의 빛나는 별 같았고, 그 안에 솟아 있는 열사의 무덤들은 어느 별에서 내려온 크고 둥근 공 같았다.

|4부| 마석, 산 70-7번지

서둘러 봄이 온 듯 포근한 날이 이어진다.

꽃샘추위도 없고, 3월이나 4월에도 꽃잎 같은 눈송이가 흩날려 묘역의 영혼들을 어린아이처럼 설레게 하는 특별한 날도 없는.

산비탈 양지에서 봄을 맞은 진달래는 벌써 봉오리를 맺었다. 철쭉과 개나리와 초여름에 개화할 사철나무 가지에도.

오늘 밤, 박영재의 모습이 보이지 않는다. 어둠이 내리면 누구보다 먼저 무덤 밖으로 나와 덤불을 걷어내고 진 땅을 마른 풀로 덮으며 동지들 오는 길을 살피던 그가 아직 기척이 없다.

지난해 11월 제종철 추모제가 있던 날 밤에도 동지는 밤이 깊어질 때까지 묘지로 나오지 않았다.

용산4지구 철거민 대책위 위원장이었던 한강로 2가 '레아

호프'의 이상림 어르신, 양회성, 한대성, 이성수, 윤용헌, 용산 참사로 억울하고 애통하게 세상과 이별한 다섯 분의 동지들과 원진레이온 김봉환 노동자, 농사를 짓고 농민운동을 하다가 여의도 농민대회에서 경찰의 폭행에 쓰러져 생을 마감한 전용철 농민, 그리고 그날 낮 추모제에서 아들 민국을 만난 제종철 동지가 무덤을 둘러싸고 앉아 영재 형을 기다렸다.

모두 자식들을 세상에 두고 떠나온 동지들이었다.

그날 추모제에 온 제종철의 아들 민국이를 보며 묘역의 영혼들은 기쁨과 그리움의 눈물로 무덤을 적셨다.

'그때 우리 민국이 겨우 여섯 살이었지……'

잘 자란 아들을 바라보며 제종철 동지가 속삭이자, 멀리 동쪽 묘지에서 김봉환 노동자의 슬픈 목소리가 들려왔다.

'내가 죽은 그날은 외동딸 고등학교 입학금을 내주고 돌아오는 길이었어.'

이상림 어르신의 젖은 음성도 바람결에 묻어왔다.

'남일당 옥상 망루에서 불에 탄 몸으로 내려갔을 때 막내아들이 얼마나 통곡하던지, 지금도 가슴이 찢어질 것 같다네……'

제종철이 떠나올 때 여섯 살이었던 아이가 스물다섯 살 청년이 되어 아버지를 만나러 오고, 유난히 젊은 청년들이 많이 찾아와 차가운 한낮의 묘지를 밝고 푸릇하게 물들인 날이었다.

그날 밤 동이 트기 전에야 동지들에게 둘러싸여 추모비 앞으로 내려온 박영재는 평소처럼 말이 없었지만, 그 마음을 우리가 왜 모를까.

10년이 지나 이제는 민국이 또래의 청년이 되었을 동지의 아들과 딸, 두고 온 동생들 생각에 그늘진 무덤 속에서 홀로 눈물 흘렸을 것이다.

아이들 엄마와의 별거로 자주 만나지 못했던 아들딸. 얼마 되지 않는 비정규센터 상근비를 다 보내주고 자신은 옷 한 벌 사 입지 못했지만, 언제나 미안하고 눈에 밟혔다는 아이들. 당 여름 야유회에서 동지들의 자녀인 또래 친구들을 만나 즐거워하던 딸. 그런 딸을 데려와 함께 살고 싶었던 동지는 민국이와 청년들을 본 그날 밤 두 아이에 대한 그리움으로 얼마나 마음이 사무쳤을까.

제종철 동지는 "세상이 좋아져서 같이 있을 수 있는 시간이 많아졌으면 좋겠다"던 사랑하는 동지이자 아내의 소박한 희망을 지켜주지도, 여섯 살 민국이가 살아갈 좋은 세상을 만들어주지도 못하고 의정부역 철로 위에서 주검으로 발견되었다.

그는 왜 죽었을까.

누군가는 단순한 사고라고 했고, 다른 누군가는 그가 스스로 목숨을 끊었을지 모른다고도 했지만 정말 그랬을 거라 생각하는가.

2002년 6월 13일, 열다섯 살 여중생 심미선, 신효순 양이 의정부 미2사단 장갑차에 깔려 목숨을 잃었을 때, 무슨 일이 있어도 그 참혹한 죽음의 원인을 밝혀내 어린 영혼들의 원한을 풀고, 두 소녀의 몸을 밟고 서 있는 땅, 식민지 해방 이후 50년 넘게 군사주권을 빼앗긴 채 미군의 발아래 있는 이 땅의 자주를 보고야 말겠다는 마음으로 살았다는 동지였다.

그런 종철이 서른다섯 번째 생일날 늦은 밤, 여중생 범대위 동지들과 회의를 마친 후 아내와 어린 아들이 있는 집으로 돌아가는 길에 그렇게 생을 놓을 수 있었겠는가.

그가 발견된 의정부역 철로는 사람이 드나들기 어려운 곳이었고, 사고의 흔적도 없었다.

세상에서 감춰진 일을 죽은 자의 입으로 발설할 수는 없는 일이어서 종철은 그날 밤의 피눈물 나는 비밀을 가슴 속에 담아두고 있지만, 언젠가 좋은 세상이 오면, 일하다 죽지 않고 불의에 맞서 투쟁하다 죽지 않고 끌려가 죽지 않고 가난해서 죽지 않고 '가족이 같이 있을 수 있는 시간이 많은' 세상, 군사주권을 되찾고 통일된 평화로운 세상이 되면 그 죽음의 이유는 밝혀질 것이고, 의문의 죽임을 당한 이곳 동지들의 이름도 명예로울 것이다.

입대한 지 넉 달 만에 분신한 상태로 발견된 서울대 최우혁 동지, 송도 앞바다에서 시멘트 덩어리에 매달린 시신으로 발견된 김성수 학생 동지, 노동운동을 하다가 행방불명되어 열차사고 사망자로 확인된 한신대 박태순 동지……

젊디젊은 청춘들이 그토록 참혹한 의문의 주검으로 떠나온 것도 아프고 원통한데, 그들의 죽음을 모욕하는 사람들도 있었다. 배후가 있다거나, 누군가에게 이용당해 그런 것이라든가, 죽음을 방조하거나 이용해 목적을 취하는 세력이 있다거나.

91년 5월을 떠올려 보라!

87년 노동자 대투쟁으로 터져 나온 노동계급의 목소리와 89년 문익환 목사님과 황석영 작가, 임수경 학생 등의 방북을 계기로 촉발된 통일논의, 정부의 각종 실정과 비리, 치솟는 물가와 부동산 가격 폭등 등으로 벼랑 끝에 밀려난 삶을 자살로 마감하는 기층민중의 고통을 6공화국 신군부는 공안사건, 공안정국으로 모면하려 했다.

그 결과 명지대학교 학생 강경대가 전경의 집단구타로 사망했다.

그 후에 잇달아 일어난 노동자, 학생, 시민들의 저항과 분신과 죽음.

"입학한 지 2개월이 된 신입생이 사회에 대한 문제의식을 얼마나 알길래 왜 열사라고 하는가? 강 군은 선배에게 배후조종당한 채 시위에 나가 도망갔다가 맞아 죽었고, 오히려 선배들은 죽은 그를 열사로 포장해 사회를 혼란스럽게 하고 있다."

연세대 김동길이라는 교수의 발언이었다.

어떤 사람은 6공화국의 엄청난 폭정에 맞서 거리로 뛰쳐나온 사람들의 배후에 죽음을 선동하는 어둠의 세력이 있다고 모독했다.

그해 공안정국 속에서 분신한 김기설은 "자기 의지로 분신자살한 게 아니라, 운동권에서 온갖 협박과 감언이설로 분신자살하라고 내몰았으며, 그 증거가 강기훈이 김기설의 유서를 대필한 것이다"는 검찰 발표와 언론의 유포로 싸늘한 외면을 받는다.

박영재 동지의 죽음에도 그런 모독은 있었다.

그는 개인의 삶이 너무 힘들고, 조직과 동지들을 믿지 못해서 나약하게 도망친 사람이었나.

누군가의 말을 맹목적으로 따르다가 봄날의 허수아비처럼 자신의 몸에 불을 붙여 '자살'한 사람이었나.

단지 따르던 정파만을 위해서 그토록 아픈 결심을 했다고 생각하는가.

당신은 그런 사람인가.

당신이라면 그렇게 하겠는가.

세상 가장 밑바닥에서 뼈마디가 닳도록 노동을 하며 살아가지만, 하루하루 먹고살기도 힘든 사람이 있다는 것, 노동조합을 만들었다고 경찰과 구사대의 몽둥이에 개처럼 두들겨 맞는 노동자들이 있다는 것, 친구의 생일선물을 들고 재잘거리며 걷던 소녀들이 외국 군대의 장갑차에 깔려 죽을 수 있다는 것, 함께 의로운 길을 가자고 약속했던 사람들이 다른 얼굴로 돌아서는 것, 그 모든 것을 온몸으로 겪어서 그렇지 않은 세상을 만드는 것이 꿈이고 삶인 사람이 있다는 것.

그래서 누군가는 불의한 세상에 대한 분노로, 소망으로, 새 세상을 퍼 올리는 마중물로, 민중에 대한 사랑으로 마지막 남은 목숨을 던질 수 있다는 것을, 나는 『어느 청년노동자의 삶과 죽음』을 집필하며 뼈저리게 느꼈고, 이곳에서 그들을 만나며 그 죽음의 의미를 다시금 깨달았다.

태일의 묘지 아래 나란히 위치한 박영진, 제종철의 무덤 쪽에서 두 동지가 박영재 동지의 묘지로 내려가고 있다.

묘역 가운데 서쪽으로 비켜앉은 나의 무덤은 열사들이 나누는 이야기를 듣고 그 모습을 지켜보기에 아주 좋은 곳이다. 오늘도 나는 종이와 펜을 들고 무덤에 기대앉아 세상의 밤, 영혼들의 낯을 기록한다.

"근로기준법을 지켜라. 노동삼권 보장하라. 전태일 선배가 못다 한 일을 내가 하겠다" 외치며 분신한 스물일곱 살 젊은 박영진은 형체를 알아볼 수 없는 참혹한 모습으로 아내도 자식도 남기지 못하고 세상을 떠나왔지만, 오늘 낮 추모제에 오신 노모, 어린 나이에 봉제 공장에 다니며 오빠인 자신의 중학교 학비를 내주었던 여동생과 성장한 조카들을 만나 그리운 정을 나누었다.

그러나 10년 가까이 아이들을 보지 못한 박영재 동지의 아픈 마음을 속 깊은 그가 헤아리지 못하겠는가.

"동지, 봄밤이 아주 좋습니다. 여기, 형이 좋아하는 제종철 동지도 왔습니다."

"어허…… 잘 생긴 두 박 동지가 여기 있었군요."

"제종철 동지야말로 우리 묘역 최고의 미남이지요."

종철과 영진이 따뜻한 미소를 건네며 너스레를 떤다.

영진의 말대로 겨울이 완전히 물러난 묘역의 봄밤은 새 생명이 움트는 기운으로 더없이 부드럽고 청아하다.

근로기준법을 외우며 언덕 위를 서성이던 태일이 그들을 발견하고 "동지들!" 하고 부르며 한걸음에 달려온다.

그의 작은 눈이 초승달처럼 웃는다.

평화시장 어린 노동자들의 듬직한 형이었고, 노동해방, 인간 해방을 위해 몸을 불사른 투사였지만, 속일 수 없는 청년의 천진한 표정을 내보일 때마다 나는 여전히 가슴이 아프다.

그러나 그가 있었기에 박영진도 박래전도 박영재도 나 조영래도 이곳에 있지 않겠는가.

종철과 영진이 옆으로 조금씩 비켜앉으며 태일이 앉을 자리를 마련해 준다.

"박영재 동지, 무얼 합니까. 어서 나오세요!"

태일이 장난스럽게 무덤을 두드린다. 마음을 풀어주려는 노력이리라. 태일은 그런 사람이 아니었던가. 마음이 약해서 힘들어하는 사람을 보면 누구라도 도와주고 싶어 하던. 주머니 속 마지막 동전을 꺼내 동료 여공들에게 풀빵을 사다 주고 멀고 어두운 밤길을 걸어갔던.

이 묘지의 영혼들은 모두 그런 사람들이었다.

태일에게 앉을 자리를 내어준 영진과 종철도, 오늘 밤 무덤 속에 자신을 가두고 있는 박영재도, 민중이 무엇인지, 민중은 어떻게 살아가고 있는지 몸으로 체득한 동지들이었다.

가진 땅 한 평 없는 소작농으로 오직 자신의 몸으로만 농사짓고 품팔이를 하던, 그조차도 잃어 변두리 도시 빈민으로 내몰린 아버지와 어머니의 삶이, 열두 살 열여섯 살 나이에 신문

팔이, 식모살이, 봉제 공장 노동자가 되었던 어린 누이와 형제들의 시대가, 그들과 똑같은 운명에 놓여 있는 이웃의 고통이, 동료노동자들이 겪고 있는 비참한 노동 현실이 그들의 뼈와 근육과 심장에 새겨졌을 것이다.

"나는 언제부터인지 모르지만, 감정에 약한 편입니다. 조금만 불쌍한 사람을 보아도 마음이 언짢아 그날 기분이 우울한 편입니다. 나 자신이 너무 그러한 환경들을 속속들이 알고 있기 때문인 것 같습니다."

태일이 수기에 남긴 글이다.

"세상 가장 낮은 곳에서 민중을 바라보려 함이요."

박영재의 시 「세상 가장 낮은 곳에서」의 한 문장이다.

몸이 기억하는 일은 좀처럼 사라지지 않는다.

어느 날 각성한 한 사람으로 세상에 섰을 때, 몸에 새겨진 민중의 삶은 무기가 되고 운명이 된다. 누구와 함께해야 하는지, 누구의 곁에 서야 하는지, 어디로 '돌아가야' 하는지, 어떻게 해야 노동자, 민중이 대물림되는 가난과 차별의 고통스러운 운명에서 해방되어 인간답게 살 수 있는지.

"모든 것이 사랑에서 싹트고 거두어진다."

40여 년 전에 쓴 박영진의 일기이다.

'나의 전체의 일부, 나의 또 다른 나.'

자신과 타인을 일치하는 태일의 정신이다.

"지금도 다 버리지 못한 것 때문에 민중의 삶에 나쁜 영향을 끼칠까 두렵습니다."

박영재 동지가 유서에 남긴 민중을 사랑하는 결백한 마음이다.

목숨은 모든 것을 다한 후에야 꺼낼 수 있는 사랑의 표현일 것이다. 가진 것을 다 꺼내지 못한 사람이 목숨을 먼저 내놓을 수는 없다. 그러므로 우리는 죽음만으로 그들을 기억하지 않는다. 죽음에 이르기까지 그들이 보여준 삶, 꿈꾼 세상, 목숨을 걸고 외쳤던 미래가 그들이고, 그들의 정신인 것이다.

"보고 싶습니다, 박영재 동지."

종철이 길고 검은 속눈썹 아래 반짝이는 눈으로 영재의 무덤을 내려다본다. 태일은 앞으로 바싹 다가가 무덤 위에 손을 올린다.

박영재의 영혼이 빛으로 떠올라 소나무 아래로 내려앉는다.

"오셨습니까, 박영재 동지……"

영진이 영재의 몸을 다정하게 끌어안는다.

네 동지가 나란히 어깨를 걸고 계훈제 선생의 묘지 옆 추모비 앞으로 간다.

나 조영래는 이곳 모란공원 한쪽에서 열사들의 고귀한 삶과 죽음, 영혼들의 슬픔과 희망과 우애의 이야기를 기록할 것이다. 살아서도 죽어서도 그것이 나의 일이라면. 이 묘역에 또 다른 열사의 무덤이 생기지 않는 날까지.

그날이 올 때까지……

✦

마주 보고 앉은 세 동지는 어쩌면 저다지도 닮았을까.

1948년생 스물두 살 전태일, 1960년생 스물일곱 살 박영진, 1968년생 마흔다섯 살 박영재.

70년대, 80년대, 2000년대, 나이도 시대도 조금 다른 시간을 살아왔지만, 삶의 모습과 죽음의 이유는 크게 다르지 않은 우리 노동자 동지들.

미선이 효순이 투쟁의 한가운데서 의문의 죽음으로 나의 생이 끝났지만, 박영재와 같은 해에 태어나 대학에 다니고 학생운동을 하고 지역 운동에 투신해 활동하던 나는 저들과 같은 존재인가.

민주노동당 고문이었고 여중생 대책위원회 위원장을 맡아 함께 촛불 투쟁을 해주셨던 김준기 선생은 나를 가리켜 '죽어서 이름을 얻은 민중의 벗'이라고 했으나 나는 진실로 민중의 운명과 함께하는 벗이었고 민중이 주인 되는 세상을 만들기 위해 거짓과 타협 없이 살아온 혁명가였나.

서쪽 묘역에서 들려오는 학생 동지들의 우렁찬 노랫소리. 막내 동지 문송면을 뒷자리에 태우고 달리는 용균의 자전거 소리. 모습도, 떠나올 때의 나이, 여리고 고운 성품과 죽음의 방식과 이 영토에 깃든 시기도 비슷해 박영진과 절친한 벗으로 지내는 박래전 동지의 나지막한 시구.

농사를 짓고 시를 쓰며 살아가는 평화로운 삶을 꿈꾸었으나 아름다운 시를 쓸 수 없는 시대에 투사가 되었던 슬프고도 맑은 눈빛들.

[12]겨울꽃이 되어 버린 지금
피기도 전에 시들지도 모릅니다
그러나 진정한 향기를 위해
내 이름은 동화冬花라고 합니다

세찬 눈보라만이 몰아치는
당신들의 나라에서

12 박래전의 시 「동화冬花」 중.

그래도 몸을 비틀며 피어나는 꽃입니다

박래전의 시와 영혼들의 소리가 밤의 묘역을 깨운다.

오늘 밤 어른들의 회동도 특별하다. 젊은 동지들에게 길을 내어주고 몸을 낮추고 기척 없이 지내시던 어른들이 동쪽 언덕 위 문익환 목사님의 무덤 앞에 모이셨다. 식민지 항일운동부터 해방된 한반도의 혁명적 변화와 반독재 민주화를 위해 평생을 재야에서 투쟁하셨던 흰 고무신을 신은 어른 계훈제 선생님, '자유를 누리려면 이를 막는 힘이나 세력에 맞서는 저항의 자세가 없으면 살아갈 수 없다'는 항자抗者의 정신을 간직한 채 모란공원 입구를 지키고 계시는 선생님과 평생의 동지였던 문익환 목사님, 백기완 선생님, 그리고 이소선 어머니까지.

평범하고도 특별한 오늘 밤, 우리의 영토塋土는 낮고 높게 되살아난다.

"자녀들이 그리우신가요, 박영재 동지?"

태일 형이 애틋한 목소리로 묻는다.

"……"

영재 형은 말이 없다.

"박영진 동지가 이곳에서 아버지 박창호 선생을 만나고 최우혁 동지가 최봉규 아버지와 강연임 어머니를 만나고 내 어머니가 지금 나와 함께 계시듯, 언젠가는 동지도 사랑하는 아들 딸을 만나게 될 것입니다. 그때는 아들과 딸에게 만들어 주고 싶었던 좋은 세상일 것이고, 노동자는 기계와 같은 삶에서 해방될 것입니다. 죽은 자든 산 자든 모두가 평등하고 평화롭게 살아가는 세상에서 다시 만날 것입니다."

태일 형이 말했다.

"박영재 동지가 유언으로 써서 남긴 자주, 민주, 통일의 세상이 머지않을 것입니다. 안 그렇습니까, 동지들."

태일 형이 우리의 얼굴을 차례로 바라본다.

동쪽 언덕 위에서 네 분 선생님의 음성이 달빛처럼 고요히 흘러내린다.

"오늘 젊은 친구들의 마음이 어지러운 듯합니다."

"저 아래 계훈제 선생님 묘지 옆에 모여 있네요. 태일이, 영진이, 종철이, 영재……"

"새파랗게 젊은 동지들이니 세상과 가족이 왜 그립지 않겠습니까, 태일이 어머니."

"젊은 시절, 나는 조국을 택하느냐 가족을 택하느냐 옆눈질할 겨를이 없었습니다. 나는 조국을 택했습니다. 여기 계신 동지들도 그랬겠지요."

태일과 영진이 고개를 돌려 언덕 위를 바라본다.

우리는 묘역 어른들의 이야기에 가만히 귀를 기울인다.

[13]"살아생전 저의 온몸을 철퇴와 같은 무게로 강타하는 충격이 거듭되었습니다. 그것은 바로 젊은 학도들과 노동자들의 분신, 할복, 투신, 자살 사건이었습니다. 한 번밖에 없는 인생을 민족의 제단에 초개처럼 버리는 걸 보면서, 이 젊은이들의 죽음의 행렬을 막기 위해서라도, 나라는 사람이 이 장벽을 깨야 한다는 강박감에 시달리기 시작했습니다. 그러나 지금은 젊은 노동자들이, 그보다 더 어린 청년들이 일하다가 죽어가고 있어요. 송면이처럼, 용균이처럼요."

문 목사님의 탄식에 젖은 이야기를 듣고 있었던 것인지 박래전의 무덤 쪽에서 목사님의 시 「상고이유서」를 읊는 소리가 들려온다.

[14]너무 아팠습니다
너무 억울했습니다

---

13 문익환 목사님의 글 각색.

14 문익환 목사님이 시로 쓴 방북 「상고이유서」 중.

이대로는 눈을 감고 죽을 수도 없습니다
아니 이건 너무 부끄러운 일입니다
너무너무 부끄러운 일입니다
푸른 하늘 흰 구름을 쳐다보기도 부끄러운 일입니다
능라도 휘늘어진 실버들에서 뽑어내던
젖빛 신록의 피어나는 희망이
지금 여기선 녹음으로 짙어가는데
우리는 부끄럽기만 합니다
자라나는 아이들의 서러운 눈을 들여다보다가
이거 꼭 죽고만 싶어집니다

목사님의 말씀과 시가 울려 퍼지자 힘차게 노래를 부르며 묘역을 거닐던 학생 동지들이 하나둘 걸음을 멈추고 흐느끼기 시작한다.

[15]"언 땅을 들어 올린 춤꾼들이여…… 사랑도 명예도 이름도 남김없이 한평생 나가자던 맹세를 지키고 우리는 쓰러졌지만,

---

15 민중가요 「임을 위한 행진곡」의 유래가 된 백기완 선생의 원작 시 「묏비나리」에서 각색.

꽹쇠는 갈라쳐 판을 열고, 장고는 몰아쳐 떼를 부르며 아우성으로, 한발띠기 몸짓으로 민중은 일어나고 있다네. 그러니 언땅 어영차 지고 일어선 젊은 춤꾼들이여, 대지의 새싹처럼 다시 첫발을 떼시라. 새날이 올 때까지 흔들리지 마시라. 앞선 우리 뒤를 산 자들이 따르리라."

백기완 선생님의 우렁찬 목소리에 화답하듯 묘역의 영혼들이 빛으로 떠올라 춤을 춘다.

[16]"노동자가 세상의 주인이 아닙니까. 이 세상 모든 것을 노동자가 만들었습니다. 옷도 세상도 건물도 자동차도. 그런데 우리는 하나가 안 되어서 천대받고 멸시받고 항상 뺏기고 살았잖아요. 이제 하나가 되어야 합니다. 하나가 되면 못할 것이 없습니다. 노동자, 농민, 모든 진보세력이 손잡고 하나가 되어야 합니다. 그것이 나의 꿈입니다."

뼈에 스미는 듯한 선생님들의 말씀에 박영재 동지가 눈물을 흘린다.

---

16 이소선 어머니의 추모비 글 각색.

전태일과 박영진과 나의 눈에서도 눈물이 흐른다.

"오늘 밤, 무엇이 그리 슬프셨습니까."

나는 하염없이 눈물 흘리는 영재를 말없이 바라보고 있다가 들썩이는 그의 어깨에 한쪽 팔을 올리며 묻는다.

"전태일 평전을 읽고 제종철 형의 평전을 읽으며 나도 동지들처럼 살고 싶었습니다. 그전에는 못다 한 공부를 하고 시를 쓰며 가엾은 어머니를 모시고 아이들과 행복하게 살고 싶었습니다. 그러기 위해서 묵묵하게 일만 했어요. 하지만 아무리 기를 쓰고 일을 해도 살아가는 게 힘들기만 했습니다."

박영재의 목소리가 어느덧 차분하고 침착하다.

그렇지 않은가.

우리는 늙어가는 부모님을 모시고, 사랑하는 아내와 아이들과 함께, 어린 나이에 공장에 다니며 학비를 마련해준 누이를 위해, 좋은 고등학교에 가서 공부 열심히 하라고 크리스마스 카드를 보내준 형과 함께 다정히 늙어가며, 부모님의 가슴에 단장의 슬픔을 준 불효자가 되지 않고, 시를 쓰고 농사를 짓고 노래하며 살고 싶었던 사람들이 아니었나.

오늘 밤 슬피 울던 박영재도 그런 꿈을 가진 소박한 사람이었을 것이다.

"낮에 박영진 형 추모 발언을 하는 건설노동자를 보았습니다. 나도 건설노동자였으니, 나의 동료입니다. 그분은 1997년도에 건설노동조합에 가입했다고 했으니 선배가 되겠네요. 반갑고 기쁘고 미안했습니다.

그 무렵 나는 수원에 있는 한 건설현장에서 덤프트럭 일을 하다가 막 퇴사를 했습니다. 말도 안 되는 노동조건에서 햇수로 5년이나 일하면서도 노동조합 활동 같은 걸 해볼 생각은 없었습니다. 옆 동료들이 억울한 일을 당하고 다치고 강제로 일을 그만두어야 할 때도 못 본 척했어요. 하지만 그들은 다릅니다. 내가 선배 동지들, 특히 학생 동지들을 사랑하고 존경하는 이유입니다. 아무것도 모르고 내 한 몸, 내 가족만을 위해 아등바등 살아갈 때, 그들은 그러지 않았으니까요.

건설회사를 그만두고 버스 회사에 들어갔어요. 열일곱 살 때 버스 차장을 했거든요. 고등학교에 가고 싶었지만 가난해서 그러지 못했어요. 그때 내 꿈이 버스 기사가 되는 거였어요. 내가 운전하는 버스로 어머니 아버지같이 무거운 짐을 짊어지고 먼 길 가는 분들을 잠시라도 편안하고 안전하게 모셔다드리는 것이 저의 꿈이었습니다."

동쪽 언덕 위 네 분 어른의 음성도, 서쪽에서 들려오던 노동자, 학생 동지들의 흐느낌과 춤도, 시와 노래와 용균의 자전거 소리도 멈추고 모든 영혼이 우리의 대화에 귀를 기울이는 시간.

묘역에 박영재의 목소리만 낮게 울려 퍼진다.

어떤 영혼도 그의 이야기를 방해하지 않는다.

“1999년 서른두 살에야 꿈을 이룬 거예요. 얼마나 좋던지 매일 새벽 유니폼을 다림질해 입었어요. 넥타이를 삐뚤게 맨 적이 한 번도 없어요.

그러나 동지들도 잘 아시겠지만, 당시 버스노동자들에 대한 회사의 횡포는 말할 수 없이 가혹했습니다. 거의 무소불위의 권력으로 기사들을 착취했어요. 취업규칙에 우리를 해고할 사유는 차고 넘쳤습니다. 하루 열일곱 시간, 새벽 4시에 첫차를 운행하고, 숨 쉴 틈 없이 돌아가는 배차 간격에 기계처럼 끼여 일해도 참아야 했습니다. 불만의 기색만 보여도 트집을 잡아 내쫓았으니까요. 먹고살기 위해 모두가 견뎠지요. 꿈 같은 건 생각할 수도 없었습니다.

그런데 정말 견딜 수 없었던 게 무엇인 줄 아십니까.

같은 동료노동자들의 목을 조이는 일을 앞장서서 도운 어용노조였습니다. 버스운송업계의 어용노조는 회사가 심은 또 하나의 안전한 권력이었습니다. 10년, 20년 조합장 자리를 유지하며 우리의 조합비로 사익을 취하고, 회사에 불만을 가진 동료를 염탐해 해고 당하게 만드는 첩자 노릇을 했습니다. 노예

계약이나 다름없는 취업규칙을 단체협약으로 체결해 노동자들의 입을 막고 회사가 합법적으로 착취할 수 있도록 도왔습니다. 노동자가 가진 최소한의 권리인 노동조합을 그들이 탈취했던 거예요!"

침착했던 그의 목소리에 힘이 실린다.

"그뿐인가요? 회사와 어용노조만이 아니라 노동청, 법…… 모든 것이 그들을 중심으로 돌아갔습니다. 기사들에게 불법적인 버스 운행을 지시하고 그것이 적발되어도 벌금 몇 푼이면 끝났지요. 벌금조차 피해 갈 방법은 얼마든지 있었습니다. 그런데 불의가 있는 곳에는 언제나 저항이 싹트는 걸까요? 그것만이 우리의, 인류의 희망일까요? 그래서 끝이 없을 것 같은 악화도 언젠가는 무너지게 될까요?"

박영재 동지가 영진과 나 사이에서 고개를 숙이고 있는 태일 형에게 눈길을 준다. 영재의 시선에 얼굴을 든 태일 형의 눈에 눈물이 그렁그렁 맺혔다.

"청계천 평화시장 어린 여공들의 삶, 나의 시대와 다르지 않았군요, 동지. 휴지조각이 된 근로기준법을 불사르고 내 몸을 불태우며 떠나온 50년 전과 다름이 없었네요. 그래서요? 그다음은요? 다음 얘기를 해주세요. 어서요……"

태일 형이 재촉한다. 저항이 어떻게 싹텄는지, 어떻게 희망의 싹을 틔우고 악화가 무너질 수 있는지 궁금했던 것일까.

슬픈 표정으로 어딘지 모를 먼 곳을 바라보고 있던 박영진 동지의 눈빛도 반짝 빛난다.

박영재 동지가 다시 말을 이어간다. 태일 형이 물었던 '그 후'의 이야기였다.

어용노조를 민주노조로 바꾸기 위해 버스노동자들과 함께 투쟁한 날들, 버스노동자회를 만들어 마침내 민주노조를 세운 감격의 순간, 노조를 넘어서서 노동자가 직접 정치에 참여해 자신들에게 필요한 법과 제도를 만들어야 한다는 각성, 진보정당을 알게 되었을 때의 환희, 생애 처음으로 자신의 당을 갖게 된 설렘과 기쁨, 비정규직센터 일을 하며 만난 비정규직 노동자들과 그들의 투쟁, 진보의 집권을 위해 진보세력이 통합과 연대를 이룬, 악화를 무너뜨리기 위한 희망의 싹을 틔우던 이야기……

그러나 희망의 순간, 폭풍우처럼 불어닥쳐 세상을 휩쓴 당내 경선부정 사건과 진보의 분열.

비바람을 맞으며 노동자 박영재가 취했던 고뇌와 결단. 죽음. 그가 떠나온 후 정부에 의해 해산당한 통합진보당. 프락치에 의한 내란음모 사건.

밤이 새도록 그의 이야기가 이어진다.

우리 누구도 그를 막지 않는다.

모두가 그의 이야기에 귀를 기울인다.

그가 더는 무덤 속에 자신을 가두지 않도록.

다시는 무덤의 풀이 죽지 않도록.

전태일은 노동운동사에 한 장을 남겼고, 제종철은 한국사를 뒤흔든 여중생 투쟁으로 반미운동사에 한 장을 남겼다고 김준기 선생은 평전에 썼지만, 오늘 밤 고뇌 어린 모습으로 우리 앞에 앉아 있는 박영재는 누구인가.

그는 죽은 자와 산 자 누구도 이 땅에서 경험해보지 못한 세상, 진정한 진보가 집권하는 세상, 인간이 품은 자주와 평등의 숭고한 가치를 지향하는 진보정치의 길 위에서 목숨을 바친 열사이다.

세상은 아직 그를 모르겠지만 우리만은 알고 있다. 한순간의 나태도 없이 삶을 아끼고 사랑했던 동지가, 동지들을 자기 자신처럼 사랑했던 사람이 그 모든 것을 버려야 했던 이유를. 그의 이름은 한국 진보정당사에 뜨거운 횃불로 남게 되리라는 것을.

"오늘 밤은 아주 특별했습니다. 동지들."

영재 형의 이야기가 끝날 때까지 묵묵하게 듣고 있던 태일이

한층 깊어진 눈빛으로 우리를 바라본다.

"이곳 열사묘역이 없었더라면 어쩔 뻔했습니까. 동지들과 함께하지 못했다면 어쩔 뻔했어요? 스물두 살에 세상을 떠나온 그날에서 더 자라지 못했겠지요. 어이쿠, 생각만 해도 아찔합니다."

젖어 든 눈을 감추며 애써 쾌활하게 웃음 짓는 태일의 젊은 모습이 믿음직하다.

"그렇습니다, 전태일 동지. 저 역시 세상과 이별한 지 10년이, 강산이 바뀐다는 세월이 지났어요. 강산도 변한다는 그 시간, 동지들이 없었다면 나는 10년 전 나의 영혼에서 한 뼘도 성장하지 못했겠지요."

태일과 눈을 마주치며 내가 말했다.

"맞습니다. 살아서도 죽어서도 동지들뿐입니다. 우리가 그렇듯 세상의 동지들도 그렇게 서로를 키워주고 눈물을 닦아주며 손잡고 나아가길, 잡은 손이 수천, 수만, 수천만이 되어 세상을 감싸 안길 바랍니다."

영재의 손을 굳게 잡은 영진의 손마디로 태일의 손이 겹쳐진다.

"동지들, 아니 형님들!"

태일이 개구쟁이 같은 천진한 얼굴로 돌아와 큰 소리로 우리를 부른다.

"이곳이 어디인 줄 아십니까? 마석, 산 70-7번지입니다. 1970년 11월 13일에 내가 세상과 이별하고 이곳에 왔을 때는 묘역 바깥쪽에 계신 권재혁, 최백근, 두 선생님뿐이었습니다. 동지들도 이제는 잘 아시겠지만, 최백근 선생은 식민지 시절 치열한 학생운동을, 4.19를 계기로 민족자주통일 활동을 하다가 5.16쿠데타로 체포되어 사형을 당하신 분입니다. 이 묘역 최초의 열사입니다. 쿠데타 소식을 듣고 미국에서의 학업을 중단하고 귀국한 권재혁 선생 또한 유신정권에 의해 사형을 당했습니다. 군사적 자주권도 빼앗긴 민족의 운명 앞에서 노동자와 청년 학생들이 나서서 노동자 중심의 정당을 건설해야 한다는 선생의 생각이 '남조선해방전략당'이라는 사건으로 조작되었던 것입니다. 그 사건은 선생이 무고하게 목숨을 잃고 이곳으로 오신 지 45년 만인 2014년에 대법원 재심 무죄 확정을 받았다고 합니다. 분하고 원통합니다. 우리가 있는 '마석, 산 70-7번지'는 모든 영혼이 원통하게 떠나온 슬픈 곳이지만, 또한 그런 피 묻은 역사가 살아있는 곳이기도 합니다. 이곳은 이 세계 또 하나의 세계입니다. 모든 영혼이 저마다 빛나는 별입니다. 어떻습니까, 형님들. 오늘 밤 제 얼굴에도 빛이 납니까? 하하하……"

태일의 이야기에 우리는 울고 웃는다. 영진도 웃고 영재 형도 웃고 나도 웃는다.

마석, 산 70-7번지 동쪽 묘역에서 문익환 목사님의 지팡이 소리가 들려온다. 새벽이 오고 있다. 몸은 죽어 무덤 속에 있지만 우리는 매일 자라난다. 동지들이 살았던 삶과 죽음의 이야기가 곡물이, 과일이, 고기가 되어 우리를 자라게 한다.

우리는 멈추지 않는다.

✦

추모비 앞에서 밤새도록 형들의 목소리가 들려왔다. 목사님의 묘지 쪽에서는 소선 어머니와 선생님들의 음성이, 서쪽 묘역에서는 형들과 누나들의 노래와 춤이.

열다섯 살에 엄마 아버지 형제들을 떠나 홀로 여기 묻힌 그날부터 35년이 지난 지금까지 나는 열사묘역의 막내로, 태일 형에게서, 아버지 같은 영재 형에게서, 형님들과 누나들에게서, 세상을 떠나 이곳으로 오신 소선 어머니와 문 목사님과 선생님들에게서 아낌없는 사랑을 받았다.

용균 형이 온 날, 나는 너무 슬퍼서 밤새도록 울었다. 목사님이 형의 몸을 부둥켜안고 목놓아 통곡하고, 소선 어머니가 눈물을 흘리며 석탄 분진으로 까맣게 된 형의 얼굴을 닦아주고, 누나들과 형들이 슬픔을 참아내며 기계에 잘려 떨어져 나간 용균 형의 얼굴과 한쪽 발을 한 땀 한 땀 이어 붙여줄 때, 나는 무덤 앞에 엎드려 울기만 했다.

병든 아버지와 홀로 고생하시는 어머니를 위해 태안화력발전소 하청업체 서부공장에서 일을 했다는데, 용균 형은 왜 그런 모습으로 우리에게 왔을까.

형을 그렇게 만든 공장은 내가 다니던 태안중학교가 있는 곳이다. 학교에 가던 그 길에 형의 발자국도 있을까. 자전거를 타고 다녔다는데 형의 자전거 바퀴는 내가 밟았던 길을 지났을까. 내가 서울에 있는 공장에서 그렇게 되어 죽지 않고 고등학교에도 가고 어른이 되었다면 형을 만날 수도 있었을까. 그런데 왜 우리는 더 자라지 못하고 죽어서야 여기서 만났을까.

그래도 밤마다 용균 형이 태워주는 자전거에 앉아 바람 속을 달리고 있으면 답답하고 슬픈 마음이 조금은 풀어진다.

오늘 밤에도 시원한 밤공기를 맡으며 자전거를 타고 있었다. 언덕 위에서 목사님의 음성이 들려왔다. 용균 형이 굴리던 페달을 멈췄다. 우리는 노란 자전거를 무덤 옆에 세우고 새싹이 올라오는 곳을 피해 나란히 앉았다.

"…… 그보다 더 어린 청년들이…… 죽어가고…… 송면이처럼…… 용균이처럼……"

형이 무릎에 얼굴을 파묻었다. 내 이름이 들리고 형의 이름이 들리고, 형이 울어서 나도 눈물이 났다. 선생님들과 형님들이 가장 슬퍼하는 일은 나처럼 어린 학생들이 일하다가 죽는 것이라고 했다. 내가 그렇게 죽은 지 35년이나 지났는데 여전히 송면이와 같은 학생들이 죽어가고 있다고.

추모비 앞에서 들려오던 태일 형과 영재 형님의 목소리.

그다음엔 영재 형님이 오래도록 이야기를 했다. 무슨 말인지 다 알아들을 수는 없었지만, 나처럼 일하다 죽는 사람이 없고 우리 아버지 어머니처럼 열심히 농사짓고 살아도 자식을 학교에도 보낼 수 없어 슬퍼하는 사람이 없고 우리 큰형처럼 동생이 공장에서 일하다가 죽어가는데 회사도 노동청도 나라도 외면해서 빚을 내고 소를 팔며 홀로 눈물 흘리는 사람도 없는 세상에 관한 이야기였을 것이다.

영재 형님이 이곳으로 올 때 아들과 딸이 내 또래였다고 한다. 그래서인지 나를 보는 형님의 눈빛은 나의 아버지가 바라보던 눈빛 같다.

충청남도 서산, 거기가 형과 나, 우리 가족과 형네 가족이 살던 곳이다.

"송면아, 우리 공부할까?"

형은 만날 때마다 나에게 말한다. 형도 나도 고등학교에 가지 못했다. 우리는 왜 그렇게 가난했을까. 엄마, 아버지, 우리 큰형, 형의 형과 누나, 모두 열심히 일했는데, 왜 우리 같은 사람들이 그렇게도 많을까.

"응, 형……"

내가 대답을 하면 형은 기쁜 얼굴로 유품함을 열어 스프링으로 제본된 「노동상담 길라잡이」와 만화로 만든 「노동법」 책을 꺼낸다. 노동자들이 쉽고 재미있게 공부할 수 있도록 형이 살아있을 때 직접 만든 것이라고 했다.

나는 형이 만든 그 책으로 공부를 한다.

슬픈 이야기를 나누던 형님들이 새벽 무렵이 되어서는 유쾌하고 호탕하게 웃었다. 형들의 웃음소리를 들을 땐 나도 저절로 웃게 된다.

몸은 열다섯 살에서 더 자라지 못했지만, 나는 계속 자라고 있다. 형들과 누나들, 선생님들이 주는 사랑이 나를 자라게 한다.

✦

동지들과 마주 앉아 이야기를 나누던 긴 밤이 지나고 다시 새벽이 오고 있다. 밤이 새도록 우리의 이야기를 귀 기울여 들어주시고 동트기 전에 무덤으로 돌아가신 선생님들, 이 묘역을 환하고 활기차게 채워주는 뜨겁고 정의로운 학생 동지들과 노동자 벗들, 우리의 가슴을 시로 물들이는 조영관 노동 시인, 우리의 과거였고 현재인 소년 노동자 문송면, 자식의 뒤를 따라온 부모님들, 언제나 묵묵한 모습으로 꽃과 나무와 풀들을 돌보는 전용철 농민과 묘역 곳곳에 정성스러운 손길을 주시는 용산4구역 철거민 노동자들.

전태일의 이야기를 세상에 알린 조영래 변호사와 시의원으로 진보정치를 개척했던 주경희 동지.

이 묘역 최초의 열사 최백근, 권재혁, 두 분 선생님.

그리고 2년 전 우리 곁으로 오신 작가 남정현 선생님.

선생이 오신 날 밤에도 종철은 무덤 앞까지 찾아가서 정중하고 따뜻한 인사를 드렸다. 미군 장갑차에 신효순 심미선 두 여중생이 목숨을 잃었을 때 온몸을 던져 투쟁하다 의문의 죽음을 맞은 제종철 동지였기에, 미군 범죄를 비판하고 풍자한, 더 나아가 북미 간 평화협정 체결로 한반도의 평화를 찾아야 한다는 신념을 문학작품으로 남긴 선생이 누구보다 남다르게 여겨졌을 것이다.

곧 어둠이 완전히 물러나고 동이 터올 것이다.

묘역의 영혼들은 모두 자신의 무덤으로 돌아갔다.

나무계단 위에서 세상의 낮, 우리의 밤을 알리는 지팡이 소리가 들려온다.

묘역을 한 발 한 발 더듬으며 이름을 부르는 낮은 음성.

"태일아…… 종철아…… 영진아…… 송면아…… 용균아…… 영재야……"

문익환 목사님의 목소리가 멀어지는 새벽이면, 나는 동지들과 함께한 삶과 죽음의 순간을 다시 돌아본다.

7년의 짧은 시간, 노동자, 진보정당의 미래를 위해 내게 있는 모든 것을 내놓고 싶었던, 가장 소중한 것을 지키고 싶어서 마지막 남은 목숨을 내놓은 한 노동자였을 뿐이지만 그 7년이 지나간 38년의 고된 삶을 보상해주고도 남을 만큼 귀중했다는 것을 나의 동지들만은 이해할 수 있을 것이다.

운명의 굴레에서 벗어나지 못하는 이름 없는 존재가 아닌, 깃발을 든 노동자 박영재로 살았던 삶이 얼마나 벅차고 행복했는지 참된 나의 노동자 벗들은 이해할 수 있을 것이다.

"저는 몸 쓰는 일을 잘해요."

동지들과 같이 있을 시간이 많지 않았던 나는 몸으로라도 돕고 싶었다. 늦은 밤이 되어서야 당 사무실에 나가서 집회나 행사에서 쓴 물품들과 의자를 나르고, 동지들의 이삿짐을 날라주고, 선거가 있을 때는 쉬는 날이나 새벽에 거리로 나가서 뻣뻣한 몸으로 율동을 하고, 임금 체불로 답답해하는 노동자들에게 달려가 함께 싸우고, 집회 때면 언제나 깃대를 들던 일.

깃대를 잡는 것은 나의 몸을 맨 앞에 세우는 일이었다. 깃대를 잡은 나는 물러서면 안 된다.

내 몸에 불을 붙인 그날을 떠올린다.

무너지지 않으리라.

물러서지 않으리라.

나는 두 주먹을 쥐었다.

어머니의 뱃속에서 나올 때 세상은 그렇게 뜨거웠을까.

그래서 돌아오는 길도 뜨거웠던 것일까.

45년의 생을 세상에 남기고 떠나오던 날, 나는 생애 가장 그리운 시간을 떠올렸다. 내 아버지가 꽹과리를 치며 성큼성큼 나아가던 들판을, 어머니와 마을 사람들이 북을 치고 장구를 두드리고 징을 울리며 뒤따르던 논둑을.

가장 행복했던 시간도 떠올렸다. 봄날 대추리의 들을 떠올렸다. 단일기가 그려진 하늘색 티셔츠를 입고 노동자, 대학생 동지들과 함께 달리던 땅을 떠올렸다. 깃발을 잡고 올려다본 푸른 하늘을 떠올렸다.

"나는 너를 이해한다."

태일 형 마지막을 지켜보며 소선 어머니가 했던 말이 내 마음에도 가득하다.

"…… 우리가 하려던 일, 내가 죽고 나서라도 꼭 이루어 주게."

태일 형이 눈 감기 전 청계천 평화시장 친구들에게 남긴 말이었다.

"부탁이 있습니다. 자주 민주 통일 조국을 만들어 주십시오."

동지들에게 남기고 온 나의 마지막 부탁이었다.

이것이 이 묘역의 영혼들과 살아있는 사람 모두가 해방되는 길이라고, 밝아오는 신새벽에 나는 다시 생각한다.

지금은 세상의 아침, 영혼들의 밤.

어둠이 완전히 물러났다.

나는 마석, 산 70-7번지의 영혼.

이제는 밝고 환한 곳에서 세상의 이야기를 듣고 싶다.

사랑했던 사람들을, 나의 동지들이 나아갈 모습을, 새 세상을, 맑은 눈으로 지켜보고 싶다.

|에필로그| "노동자 박영재"

4월 2일 세 청년 열사의 추모제에는 가지 못했다.

하루종일 봄비가 내리던 토요일, 나는 함께 가기로 했던 화가에게 전화를 걸었다.

"죄송합니다……"

"그러실 것 같았어요. 힘들죠? 좀 쉬셔야죠."

희정이 어머니 잘 모시고 다녀오겠다고 화가가 위로의 말을 건네주었다.

다음날 저녁에 스물다섯 개의 짧은 동영상이 나에게 전송되었다. 화가가 찍어 보낸 것이었다.

비 갠 모란공원의 풍경이 시간과 공간의 경계를 넘어 내 휴대폰 메시지 창에 하나씩 내려앉았다. 그때마다 별이 뜨는 것 같았다.

세 청년 열사를 찾아온 사람들로 묘역은 구석구석 빛났다. 지난 3월에 봉오리를 맺었던 나뭇가지에는 한 달 만에 꽃이 활짝 피어 있었다. 물병에 담아와 내 창가에 놓아둔 가지에도 같은 꽃이 피었다.

강민호 열사 33주기 추모제.

맑고 밝은 묘지에서 누군가 열사를 소개한다. 강민호 열사가 목숨과 바꾼 민주화운동 사망 관련자 보상금은 열사 장학금으로 모교 한신대 후배들에게 전달되고 있고, 그들이 지금 추모제에 참석하고 있다고 했다.

강민호 열사를 소개하는 말을 들으며 나는 노동자 박영재를 생각했다.

화면으로 긴 햇살이 지나가고 권희정 열사 27주기 추도식 장면이 보인다. 쓰러진 소나무는 둥근 지붕이 되어 그에게로 가는 길을 만들어 주고 있다.

무덤 뒤 산비탈, 연둣빛으로 물든 녹음 속에 분홍 진달래가 가득하고, 어머니 강선순 선생이 딸의 곁에 앉아 있다. 그가 투쟁하다 숨진 모교의 총장이 앞으로 나가 추모사를 한다. 학생들이 오늘은 성신여자대학 이름이 박힌 버스를 타고 왔다고, 그와 함께 학원 자주화 투쟁을 하던 후배가 전한다. 27년 전 그가 몸담은 총학생회, 지금의 학생회장이 권희정의 정신을 이야기한다. 환호와 박수 소리가 들린다. 어머니의 얼굴이 환하다.

희정이 어머니의 환한 얼굴을 보며 나는 박영재를 생각했다.

흰 벚꽃이 눈부시게 피어난 나무 아래서 노랫소리가 흐르고, 김윤기 열사의 묘지가 가까워진다. 스물다섯 살 노동운동가 김윤기의 앳된 얼굴이 보인다. 34주기 추모제에 온 사람들이 '동지의 노래'를 부른다. 민족민주열사 단체 회원들과 유가협 선생님들이 인사를 한다. 박종철 열사의 형님 박종부 선생의 모습도 보인다.

모란공원 묘역에 서 있는 박종부 형님의 얼굴을 보며 다시 박영재를 생각했다.

민족민주열사 추모비 뒤, 묘역을 찾은 누군가 잠시 멈춰가는 길목 그늘진 그의 무덤을 생각했다.

동영상 화면이 추모비 쪽으로 올라간다. 곧 박영재의 무덤이 보일 것이다. 나는 화면을 따라 올라가 무덤 앞에 선다. 두 그루 긴 소나무 아래 그의 묘지는 여전히 조금 그늘져 있다. 나무 사이로 한 줄기 햇살이 내려앉고 바람이 지나간다. 그의 영혼이 잠들어 있다.

그의 앞에 서서, 나는 누구를 향한 것인지 모를 이야기를 시작한다.

"그는 정말 해방되지 못한 영혼일까요? 죽음의 이유를, 진실을 밝혀야 그는 자유로워질까요? 하지만 죽은 박영재는 그것을 할 수 없어요. 내가 써야 할 책도 그것을 할 수는 없을 거예요. 진실은 살아있는 사람들, 살아갈 사람들의 몫이에요. 여전히 연대하고 투쟁할 사람들의 몫입니다. 하지만 순수했던 한 진보적인 노동자의 삶과 죽음이 하나의 사건으로만 기억되는 것은 부당합니다. 진실이 무엇이든 명백한 사실은 그가 한국의 진보정치를 위해, 나아가 우리의 어떤 미래를 위해 누구도 할 수 없는 일을 했다는 것입니다. 어떻게 그럴 수 있는지, 그의 죽음에는 어떤 의미가 있는 것인지, 우리는 이해할 수 없을지도 모릅니다. 우리는 그런 사람이 아니니까요. 그러나 그런 사람이 있다는 것, 그런 삶과 죽음이 있었다는 것을 돌아볼 수는 있습니다. 그렇게 돌아보는 마음속에서 새로운 세상을 꿈꾼 한 노동자의 영혼이 자유로워질지도 몰라요. 그가 꾸었던 꿈이 우리의 꿈과 다르지 않다면……"

그날 밤에 나는 그의 꿈을 꾸었다. 유서가 들어 있는 봉투와 무덤에서 가져온 유품들을 머리맡에 두고 잠든 밤이었다. 겁이 많은 내가 누군가의 유서와 유품을 곁에 두고 잠드는 것이 쉬운 일은 아니었다. 그러나 무섭지 않았다. 내가 만난 그는 선하고 맑은 영혼이 아니었나.

유서를 놓아둔 곳에 커다란 가방이 있었다. 꿈속에서도 누구의 것인지 알 수 있었다. 가방을 열어 보았다. 글자가 가득 적힌 수첩과 책과 시가 쓰인 종이들……

그 사이로 안전화를 신고 있는 길고 마른 다리 하나가 보였다. 한쪽뿐이었다. 누구의 다리인지 알 수 있었다. 이제는 그의 이야기를 써야겠구나. 이제는 말해야겠구나. 시작해야겠구나. 흩어진 시를 모으고, 조각난 말을 이어 붙이고, 침묵의 입과 회피의 눈을 거두고, 두려움 없이, 그와 마주해야겠구나.

꿈에서 깨어나서 나는 생각했다.

아직 안전화를 그리지 못했다는 화가의 그림은 완성되고 있을까.

나는 유서 봉투에 쓰인 흐린 이름과 그의 영혼이 잠든 묘지의 아름다운 영혼들을 떠올리며 노동자 박영재의 이야기를 시작한다.

수원시 권선구 오목천동 484번지, 박영재.

마석, 산 70-7번지, 노동자 박영재

| 추천사 | 끝내 울음을 터뜨리고 마음에 품게 될 소설

문영심·소설가

딸이 중학교 1학년 때였을 것이다. 어느 날 저녁 그 애가 울면서 내 방으로 들어왔다. "엄마, 우리나라가 그런 나라였어? 그렇게 나쁜 나라였어?" 나는 놀라서 눈물에 젖은 딸의 얼굴을 쳐다보았다. 아이는 내 서가에 꽂혀 있던 『전태일 평전』을 읽었던 것이다. 그때가 1997년이었던 것 같다. 나는 그때 뭐라고 대답했을까? 잘 기억나지 않는다. 딸아이가 내 대답을 듣고 "지금은? 지금은 아니지?"라고 되물었던 것만 기억난다. 이수경의 소설을 읽고 그때가 생각났다. 왜냐하면 이수경의 소설을 읽으면서 어느 순간부터 내내 울고 있었기 때문이다. 소설의 마지막 문장을 읽고 고개를 들자 머리가 아팠다. 이 작가는 왜 이렇게 사람을 울리는가? 왜 우리는 아직도 이렇게 슬프고 아픈 이야기를 읽어야 할까?

이수경이 노동자 박영재에 대한 책을 쓴다고 했을 때 나는 당연히 소설이어야 한다고 생각했다. 그가 평전을 쓸 수 없어서가 아니라 소설로 써야만 박영재의 이야기가 무한한 확장성을 가지고 시대를 가로지르는 이야기가 될 수 있을 거라고 믿었기 때문이다. 그는 내가 기대했던 대로 그 일을 해냈다. 이수경은 늦은 나이에 등단했지만 첫 번째 작품집 『자연사박물관』으로 많은 독자의 사랑을 받았다. 그의 소설들을 읽고 조세희 선생의 『난장이가 쏘아올린 작은 공』을 떠올리는 사람들이 많았다. 나 역시 그랬다. 무려 40여 년이라는 시간을 뛰어넘어 다시 우리 앞에 난장이-약하고 소외된 사람들-의 이야기를 소환한 이수경은 우리가 지금도 조세희 선생이 그려낸 난장이 가족의 소외와 아픔을 극복하지 못한 시대에 살고 있음을 보여주었다. 그리고 이수경은 첫 번째 장편소설인 이 작품에서 전태일의 시대에서 박영재의 시대까지, 그리고 오늘 이 순간까지 끝나지 않는 노동자들의 희생에 대해서 이야기한다.

이 소설은 2012년 5월 14일 통합진보당 중앙당사 앞에서 분신해 같은 해 6월 22일에 숨을 거둔 노동자 박영재의 유서에서 시작된다. 소설가인 화자는 박영재의 이야기를 쓰는 것에 대해서 부담을 느끼고 있음을 숨김없이 드러낸다. 10년이 지난 현재까지 언론의 마녀사냥에 의해 덧씌워진 '종북'이라는 낙인에서 자유롭지 못한 그들, 소위 통합진보당 당권파의 입장을 강변하다가 죽은 사람이라는 박영재에 대한 선입견이 아직도 여전히 이 사회에 남아 있기 때문이다. 어쩌면 진보정당의 일에 무관심한 대다수 사람들에게는 그런 선입견마저 찾아볼 수 없을지도 모른다. 그들은 아예 그런 사건이 있었다는 것 자체를 모르고 박영재가 누구인지도 모를 것이다. 편견과 선입견으로부터 자유롭지 못한 사람들은 외려 그 당시 통합진보당에 대해서 잘 알고 있던 사람들, 진보 진영의 활동가들과 정치인들일 것이다. 이 소설을 쓰는 작가가 가장 힘들고 괴로웠던 지점도 그곳이었을 것이다. 확증편향으로 굳어진 편견에 맞선다는 것은 정말이지 어렵다.

이수경은 영리하게도 이 지점을 소설만이 펼칠 수 있는 상상력과 서사의 힘으로 돌파해 나갔다. 박영재에 대한 책을 쓰는 고민으로부터 시작한 이야기는 박영재의 영혼이 쉬고 있는 그곳, 모란공원 민족민주열사묘역인 마석, 산 70-7번지에서 영혼으로 만나 서로의 상처를 쓰다듬고 보듬는 민주열사들의 영혼의 대화로 확장되면서 우리를 노동과 역사와 정치와 인간의 삶이 촘촘히 들어차 있는 처절하고 슬픈 서사 속으로 끌어들인다. 숨 쉴 틈 없이 몰아치는 수많은 열사의 이야기는 우리가 도대체 어떤 사회에서 살아왔고 살고 있는가를 돌아보게 하고 끝내 눈물을 쏟게 하고 아무것도 하지 않고 속수무책으로 보고만 있었던 나 자신의 삶을 반성하게 한다. 죽임을 당하거나 죽음을 선택한 그들은 이제는 삶의 고통에서 벗어나 영혼들의 세계에서 자유롭게 벗하며 지내고 있지만 살아있을 때 우리와 똑같이 누군가를 사랑하고 사랑받으며 꿈꾸고 일하며 살아왔던 사람들이다. 그런데 죽임을 당했건 죽음을 선택했건 소설을 읽는 동안 죽음에 이르기까지 그들이 겪었던 고통이 생생하게 느껴져 그토록 공감하고 슬퍼지는 것이다.

죽었다고 아무나 열사가 되느냐고 모욕하고 비아냥거리는 사람들이 있는데 나는 그런 이들이 불쌍하다. 죽음에 이르는 길이 개인의 잘못이 아니라 사회의 문제였을 때 그들의 죽음을 기억하고 책임을 느끼고 더 나은 사회를 만들자고 해서 '열사'라는 이름을 붙이고 호명한다는 사실을 이해하지 못하는 사람들이기 때문이다. 그러나 불행히도 자기 가족에게 그런 일이 생긴다면 그들은 이 사회의 구성원들이 모두 연결되어 있다는 것을 깨닫게 될 것이다. 전태일 열사의 어머니 이소선 여사처럼 희생된 사람을 내 자식처럼 품을 수 있게 될 것이다.

이 소설에서 민족민주열사묘역이 등장하는 것은 우연이 아니다. 이수경은 이 책을 쓰기 전부터 이곳에 자주 다녔다. 그가 열사들의 삶에 관심을 가진 것은 매우 오래된 일이다. 유가협

(전국민족민주유가족협의회)의 부모님들과 안면을 익히며 지내기도 했다. 그는 유가족이 아님에도 그들에게 강한 유대감과 공감대를 가지고 있었다. 그는 늘 그들을 위로하려고 갔다가 오히려 자신이 위로받고 왔다고 말하곤 했다. 그런 사람이기에 소설에서 자연스럽게 열사들의 영혼의 대화가 등장하게 된 것이다.

작가가 만난 사람 중에 "박영재 당원이 이제라도 해방되었으면 좋겠어요."라는 말을 하는 사람이 있었다. 진보정당이나 박영재에게 호의를 가진 사람이었음에도 이수경은 이 말에 의구심을 품는다. 과연 해방되어야 하는 것이 박영재일까? 작가는 그렇지 않다고 고개를 흔든다.

"아물지 않은 상처로, 눈물을 흘리면서 애도할 수 없는 닫힌 슬픔으로, 마주할 수 없는 불편으로, 부담으로, 외면으로, 오해로, 과제로 여전히 침묵하는 사람들이 해방되어야 하는 것은 아닐까. 박영재가 떠난 지 10년이 지났지만 누구도 그때의 그에게서 자유로워 보이지 않았다."

나는 작가의 말에 동의한다. 박영재는 삶을 떠나는 순간 해방되었다. 아무 계산 없는 순수한 희생으로 자신의 생을 던진 박영재를 있는 그대로 보지 못하는 사람들이 아직도 해방되지 못하고 있는 것이다. 그런 이들이 이 책을 읽고 박영재로부터 해방되기를 바란다.

이수경은 자신이 만난 노동자 모두가 이 시대의 증언이고 책이고 전태일이고 제종철이고 박영재라고 했다. 그들 속에 자신이 전해 들은 박영재의 모든 것이 들어 있다고. 이수경이 만난 노동자들은 "책 잘 써 주세요. 그 사람의 이야기가 우리의 이야기니까요."라고 말했다. 그래서 이수경은 최선을 다했다. 이수경은 이 책이 작은 나침판이 되고 지도가 되어 어느 한 사람의 마음에라도 스며들었으면 좋겠다고 했다. 그는 성공했다. 이 책은 내 마음에 아주 깊이 스며들었다. 딸에게 이 책을 읽으라고 해야 할까. 나처럼 눈물을 흘리겠지. 그리고 생각해 볼 것이다. 전태일의 시대로부터 우리는 얼마나 멀리 왔는지, 지금은 그때보다 얼마나 나아졌는지, 이제 우리나라는 그때처럼 나쁜 나라가 아닌지.

이 소설을 쓰느라고 봄을 잃고 여름을 잃고 가을을 잃고 겨울을 잃아야 했던 작가에게 위로와 상찬의 말을 건넨다. 몸과 마음이 몹시 지쳤겠지만 이제 안심하라고, 눈 밝은 독자들이 좋은 책을 알아보고 나처럼 마음에 담을 테니 걱정 말라고.

비가 내린다. 마석, 산 70-7번지에도 비가 오겠지. 오늘밤 열사들의 영혼은 비에 젖은 무덤가에서 어떤 이야기들을 나눌까? 오늘은 누구를 위로하고 누구의 이야기를 들어줄까? 그곳은 비 오는 밤에도 아주 환하게 빛날 것 같다. 맑은 영혼들이 모여 있으니 말이다. 노동자 박영재와 그의 친구들의 영원한 안식을 빈다.

*바로잡습니다.

마석 모란공원 민족민주열사묘역의 주소를 빌려 붙인 초판 1쇄 제목 '마석, 산70-1번지'를 '마석, 산70-7번지'로 수정 출간하게 되었습니다. 뜻깊은 지명의 번지수를 잘못 쓴 것에 대해 독자 여러분께 깊은 사과를 드립니다.

마석, 산 70-7번지

나는 노동자 박영재입니다.

초판 3쇄 | 2023년 7월 1일

지은이 | 이수경

디자인 | 박재희

펴낸이 | 최진섭

펴낸곳 | 도서출판 말

출판신고 | 2012년 3월 22일 제2013-000403호

주 소 | 인천광역시 강화군 송해면 전망대로 306번길 54-5

전 화 | 070-7165-7510

전자우편 | dream4star@hanmail.net

ISBN | 979-11-87342-26-7